レイアを選んだ魔王は『レヴィアタン』。
海と邪悪を体現する、海竜の魔王。
JN034959
魔帝教師と従属少女の背徳契約 2

茅原（ちはら）レイア
魔女の血を引く、ジョゼフの教え子。外見は幼く見えるが、気配りができ献身的。とても素直で心優しい、天使のような美少女。
アグネス・アンドレーエ
魔術学院に突然やってきたクールな美少女。その正体は、強力な法術を使うエクソシストで……？
ジョゼフ・グランディエ
「好色」の力を秘めた魔帝継承者。普段は魔術女学院の教師だが、覚醒すると、髪色や性格の一部が変化。本来の力を自在に操ることができる。

メアリ・ハプスブルク
巨大魔女結社を率いる妖艶な美女。手下の魔女や魔犬ガルムを従える。ある力を求め、レイアをつけ狙うが……？

「あ……あぁ……っ♡
ボク……こんなに、エッチだったんだぁ♡」

魔帝教師と従属少女の背徳契約 2

虹元喜多朗

HJ文庫
961

口絵・本文イラスト　ヨシモト

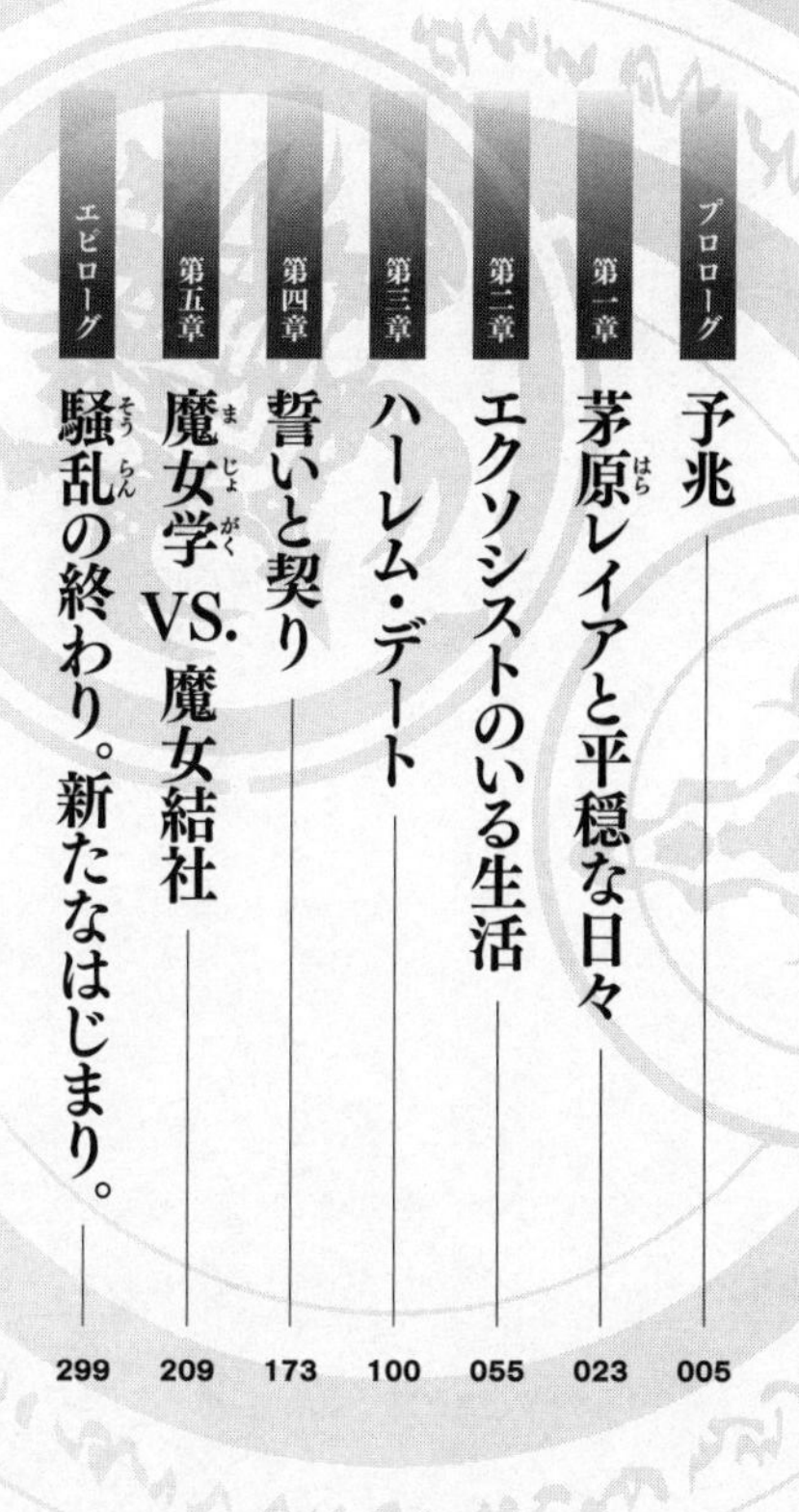

プロローグ　予兆　005
第一章　茅原レイアと平穏な日々　023
第二章　エクソシストのいる生活　055
第三章　ハーレム・デート　100
第四章　誓いと契り　173
第五章　魔女学VS.魔女結社　209
エピローグ　騒乱の終わり。新たなはじまり。　299

プロローグ

予兆

魔術庁職員、池垣圭輔にとって、この週は記念すべき一週間になるはずだった。

一流大学を卒業後、魔術庁に就職。その九年後にあたる今年、今週の月曜日に、彼はわずか三十三歳にして幹部に昇格した。

絵に描いたようなエリートである池垣には、大学時代に後輩だった妻がおり、翌日である土曜日に、昇格祝いのデートをする予定だった。

一日の業務をきっちり勤務時間内に終えた彼は、いつもと同じく定時に退館し、鼻歌を奏でながら帰り道を歩いていた。きっと、翌日の妻とのデートを想像し、心を弾ませていたのだろう。

幸せな金曜の夜は、しかし、それの出現とともに一変した。

池垣の進む先、アスファルトの上に汚泥の如きシミが広がり、そのシミから湧き出るようにして、一匹の巨獣が現れた。オオカミの姿をした、明らかにオオカミとは一線を画すバケモノだ。

闇色の体毛。見上げるほどの巨体。爛々と光る、ホオズキほどに赤い双眸。牙と爪は、ナイフよりも鋭い。

胸元が血で染めたように赤いその怪犬を目の当たりにして、池垣は愕然と瞠目した。

池垣の手からビジネスバッグがこぼれ落ち、ドサッ、と音を立てる。

震える声で、池垣はバケモノの名を示した。

「地獄の猛犬……『ガルム』……⁉」

北欧神話に登場する悪魔、ガルム。死者の世界『ニヴルヘイム』の地下、『ニヴルヘル』の入り口に存在する魔犬。北欧神話最後の大戦『ラグナロク』にて猛威を振るう怪物の、一体だ。

池垣が顔を真っ青にして、後退る。

「バ、バカな……なぜガルムがこんなところに⁉　『血染めの交差点事件』の再来とでも言うのか⁉」

おののく池垣を睨み付け、地の底から響くような唸り声をガルムが上げた。

ビクリと震えながらも、池垣は奥歯を噛みしめ、引けた腰を戻して両脚を踏ん張る。

池垣が左手の人差し指と中指をそろえ、ピンと伸ばした。『刀印』と呼ばれる、東洋系の魔術でよく用いられる手のかたちだ。

臨戦態勢をとる池垣に、ガルムも重心を低くする。いつガルムが飛びかかってもおかしくない。

神経を張り詰めさせ、ガルムへの警戒を続けながら、池垣はさっと周囲を見回す。いつの間にか、通りからはひとの姿が消えていた。

池垣が「くっ！」と呻く。

「人払いの魔術か！」

意味するのは、応援が期待できないこと。唯一の救いは、一般市民への被害だけはないこと。

池垣が視線を戻した。ガルムの鮮血色の双眸と、池垣の目が合う。

『ガアァアアァアアァアァアァアアアァアァアァアアアァアァアァアッ!!』

瞬間、ついにガルムが飛び出した。脚力の爆発が、アスファルトを砕く。

腹をくくったのだろう。池垣が眉をつり上げた。

結ばれた刀印が、縦に四回、横に五回振るわれる。『九字を切る』と称される、破魔・護身の効果を持つ動作。

九字を切った池垣が、左右の手で、『転法輪印』という複雑な印形を結ぶ。

『緩くともよもやゆるさず縛り縄、不動の心あるに限らん！』

池垣が呪文を唱え終えると同時、ガルムの進路上に、『不動明王』を表す梵字『カンマーン』が浮かんだ。

梵字から真っ赤な鎖が生じ、ガルムの四肢を捕らえる。

足を取られたガルムの巨躯に、赤い鎖が何重にも巻き付き、アスファルトに縫い付けた。

『修験道』に属する呪術『不動金縛法』。悪鬼を調伏する忿怒の明王にして、修験道の本尊である不動明王の威光により、相手を縛り、封じる魔術だ。

赤い鎖にギリギリと締め上げられ、ガルムが苛立たしげに唸る。

身動きを封じられたガルムの姿に、池垣が印形を解き、安堵の息をついた。

『ルゥゥウウウオオォォォオオオオォォォォォオオオォォオオオオオッ!!』

直後、ガルムが吠えた。大気を揺さぶらんばかりの咆哮に、ガルムを拘束する鎖が弾け飛ぶ。

「なぁっ!?」

目を剥く池垣を、咆哮が起こした衝撃波が襲う。

池垣の体が、暴風に煽られた紙くずのように吹き飛び、アパレルショップのショーウィンドウを突き破った。

ガラス片とマネキンのパーツ、数秒前まで衣服だった布きれが散乱するアパレルショップの床を、池垣の体がゴロゴロと転がる。

「ぐ……う……っ」

なんとか上体を起こした池垣に、ガルムがゆっくりと迫る。ご馳走を前にした美食家のように、ガルムが舌なめずりした。

「ひぃっ!!」

池垣が、蒼白な顔を引きつらせる。

ガルムが大口を開け――凄惨な悲鳴が夜を裂いた。

魔術庁職員、池垣圭輔にとって、この週は記念すべき一週間になるはずだった。

だが、彼の人生において、この週は最悪の一週間になった。

「あははは っ! 必死に逃げ回って、無様なことねぇ!」

近くにあるビルの屋上に、血塗れの池垣がガルムにいたぶられる様を、おかしそうに眺める女がいた。

背丈は一七〇センチほど。

胸が大きく腰はくびれ、尻の肉付きがいい、グラマラスボディ。

ウェーブのかかったロングヘアは、太陽を遮る雲のような鈍色。

切れ長の目は、まるでガーネットだ。

メラニンを失ったような病的に白い肌を覆うのは、真紅と漆黒の、ワンピースとローブ。

頭には、円錐形の黒い三角帽子。

すらりと長い足を組んだ女は、気まぐれな女王のように、ゆらゆらと黒い編み上げブーツを揺らした。

「悪いけど、あなたには生け贄になってもらうわぁ」

整った細面が嗜虐的に歪む。

女が、悪魔のように口端をつり上げた。

「さあ、報復をはじめましょう！」

池垣の悲鳴に混じり、女の哄笑が響いた。

✡　✡　✡

朝、目が覚めると、俺の頭は胸の谷間にうずめられて――なかった。

「……んん？」

いつもとは異なる目覚めに、俺は困惑する。

おかしい。いつもなら、リリスが俺の頭を抱きしめて、あのフワフワポヨンポヨンな巨乳に押しつけているのだが。

「……物足りないな」

呟き、俺は溜息をついた。

この感覚はあれだ。普段から通っている定食屋に向かいつつ、今日は生姜焼き定食を頼もうと考えていたら、臨時休業だったときに近い物足りなさだ。

すっかり生姜焼きの舌になっているのに、その生姜焼きが口にできないもどかしさ。生姜焼きと違い、リリスの胸には代わりがないから、もどかしさはひとしおだ。仕方がないから別の定食屋で頼もう、とはいかないツラさがある。

などと比喩してみたが、ようするに俺は、リリスの胸の感触を味わいたいだけだ。あの豊乳に顔をうずめて、思う存分頬ずりしたいだけだ。

いや、健全な男なら当然の欲求だろ⁉　女性美の権化ことリリスの胸だぞ⁉　求めてやまないのが普通でしょうよ‼

ベッドに横になったまま、誰にでもなく言い訳をして、俺はわなわなと体を震わせる。

リリスを愛せるようになろうと決意してからは、意識してそういう目で見ていたんだ！

なのにリリスがいないだと⁉　生殺しもいいとこだろ‼

しばらくのたうち回ってから、俺は深く嘆息した。

「アホなことやってないで起きるか。今日も授業があるし」

ベッドから出て、くぁ、とあくびをし、俺は洗顔と歯磨きのために洗面所へ向かう。

今日も一日がはじまった。

顔と口内をサッパリさせてから、俺は改めて自室に戻り、北城魔術女学院の教師服に着替える。

キャビネットの脇にある姿見で、ネクタイがちゃんと締められているか確認し、「よし」と頷いて部屋を出た。

「それにしても、どうしてリリスはいなかったんだ？」

妻になりたいと宣言するほど俺に惚れきっているリリスは、毎朝ベッドに潜り込んでくる。そのリリスが、今日に限っていなかったのは不可解だ。

腕組みして首を捻りつつ、階段を下りて一階に向かう。

まあ、この疑問は置いといて、ひとまずは飯にするか。

階段を下りきり、ダイニングのドアノブをとる。

ドアを開けた直後、

「せっ、せっ、先生！　おおおおはようございましゅ!!」

俺の教え子であり恋人である千夜が、スノウホワイトの肌をくまなく色づかせ、上擦った声で挨拶してきた。

俺はすべての動きを止める。

千夜が、裸エプロン姿だったからだ。

思いも寄らない展開だった。挨拶を返せず、俺はただただ呆ける。

沈黙がダイニングを支配した。

俺が黙っているあいだに、千夜の赤らみがドンドン増していく。千夜の唇がムニャムニャとわななきだす。

「なっ、なにか言ってくださいよっ!!」

沈黙に耐えられなかったのか、千夜が涙目で叫んだ。

ハッとして、俺は慌てて言葉を探す。

「……ご、ごちそうさま?」

「そんな言葉は求めていません！」

「ありがたや？」

「拝まなくても結構です！　ふざけているんですか!?」

合唱する俺に、千夜が目をバッテンにした。

ふざけてなどいない。俺は至って真面目だ。本気で千夜に感謝しているんだ。

リリスの不在による空虚が、千夜の裸エプロンで満たされていく。フリルがあしらわれた白いエプロンと千夜は、クリスマスともみの木以上の相性だった。

ふたつの巨峰がエプロンの胸元を押し上げ、キュッとしたくびれが腰紐により強調されている。モデル並みに長い脚は惜しげもなくさらされ、エプロンの裾を少したくし上げれば、大事な場所が見えてしまいそうなほど危うい。

よく見れば、膨らんだ胸の中央にはふたつの突起があり、千夜の呼吸はいつもより早かった。

あられもない姿に、千夜自身興奮しているのだろう。

美とエロスの女神がここにいる……!!

思わず感涙しそうになった。

「ジョゼフくん？　感想を言ってあげないと、千夜ちゃんがかわいそうよ？」

裸エプロンの千夜に見とれていると、ダイニングの奥にあるオープンキッチンから、リリスがひょっこりと顔を覗かせた。

たおやかな笑みにイタズラげな色を混ぜ、リリスが人差し指を立てる。

「千夜ちゃんは、ジョゼフくんに喜んでもらいたくて裸エプロン姿になったのですから」

「リ、リリス先生⁉　ちちち違いますからね、先生‼　わたし、望んでこの格好になったんじゃないんですからね‼　勘違いしないでくださいね⁉」

「あら？『せ、先生がお好きな格好をご存じないでしょうか？』って聞いてきたのは、どこの誰だったかしら？」

「ふゃぁっ⁉」

「恥ずかしがらなくてもいいのよ、千夜ちゃん？　千夜ちゃんはジョゼフくんに、もっと激しく求めてほしいのよね？」

「そそそんなわけないじゃにゃいですか‼」

「だったら、どうして裸エプロンなんて大胆な格好をしているのかしら？」

「あううううう〜〜〜〜〜〜〜っ‼」

リリスに言い返せず、千夜は両拳を握ってプルプル震えていた。

ひとつ謎が解けた。今朝リリスが俺のベッドに潜り込んでこなかったのは、千夜の相談に乗っていたからなんだろう。

なるほどなるほど。千夜は俺のために裸エプロンになってくれたと。清く正しい千夜が、そこまでして俺を喜ばせたかったと。ツンデレな千夜が、羞恥に耐えて俺を求めていると、そういうわけですね？

なら、応えないのは失礼にあたるよな？

紫色の魔力が体から溢れ出し、俺の髪が金色に染まっていく。

俺の体に流れる、《好色》の血の活性化。唇が自然と笑みを描いた。

「似合っているよ、千夜。とてもキレイだ。この世界にこんなにも美しい女の子がいるなんて、信じられないくらいだよ」

歯が浮くようなキザな台詞がすらすらと出てくる。

人格が変容した俺に、女性を褒めるなんて造作もない。むしろ、千夜みたいにステキな女性を、褒めないほうが難しいだろう。

俺の変容に気づいたのか、千夜の肩がビクリと跳ねた。

「じょっ、冗談はやめてくださいっ！　ほほほ褒めたってなにも出ないんですからね‼」

桜色の肌を一層上気させて、千夜が視線を右往左往させる。

千夜の憎まれ口が照れ隠しであると、俺には一目でわかった。なにしろ、黒真珠の瞳に、隠しきれない情欲の色が浮かんでいるのだから。

母さんから《好色》の力を引き継いだ俺に、異性を《魅了》する特性があることは、千夜、レイア、円香に、すでに打ち明けている。

正直、俺への気持ちが冷めてしまうのではないかと不安に思っていたが、話を聞いた三人は即座にこう言った。

──だからどうしたんですか？

──ボクたちの恋心は偽物なんかじゃないよ！

──ふ、不安に、思われているのでしたら……その、さ、さみしい、ですよ……。

三人に対する愛おしさが倍増したのは、言うまでもない。

俺はゆっくりと千夜に歩み寄る。

千夜から目を逸らさず、少しずつ距離を縮めながら、俺は微笑みとともに告げた。

「けど、わかっているかい？　千夜ほどステキな女の子に、裸エプロンなんて刺激的な格好をされて、手を出さないでいられるほど、俺は達観していないよ？」

「あ……♥」

千夜の瞳が、バターみたいにトロンと蕩ける。

先ほどまで憎まれ口を叩いていた千夜が、いまは借りてきた猫のようにおとなしい。愛らしすぎるよ、千夜。そんなにも物欲しそうな顔をされたら、またいじめたくなるじゃないか。

千夜の目の前に立ち、黒いふたつの宝石を見つめる。

「今日も愛してあげるよ、千夜。俺のことしか考えられなくなるまで」

「ひあぁあああああっ♥!」

左手をそっと千夜の頬に添えると、甘い嬌声が上がった。《魅了》の特性によって、千夜が得る快感が増幅しているんだ。

ブルッと身震いした千夜の唇から、熱っぽい吐息が漏れる。

同居をはじめてから約一週間。俺と千夜は毎日のように肌を重ねていた。互いにはじめての恋人で、しかも付き合いたてなのだから当然だ。

千夜の体には、俺から与えられた快楽が、何度も何度も刻み込まれている。だからこそ、千夜は抵抗ひとつせず、うっとりと俺を見つめ返しているんだ。

リリスの言うとおり、千夜は裸エプロン姿になることで、もっと激しく求めてほしいと俺に訴えていたらしい。

いじらしく不器用な恋人が、堪らなく愛おしい。

秀麗な千夜の美貌に、俺は顔を寄せていく。

椿のような唇を差し出し、千夜が静かにまぶたを伏せた。

「おはようございまーす！」

「お、お迎えに、あがりました」

レイアと円香がダイニングに入ってきたのは、ふたりの唇が重なる寸前だった。

弾かれたように千夜のまぶたが上がり、錆び付いたような動きで、レイアと円香のほうに顔を向ける。

「「「……はぇ？」」」

三人の声が重なった。

「な、なんてカッコしてるの、千夜ちゃん⁉」

「は、ははは、裸、エプロン……⁉」

レイアと円香の顔が、見る見るうちに赤くなる。

負けないくらい千夜も真っ赤になった。ボヒュッ！　という擬音とともに、湯気が上がる幻視が見えるほどに。

「ちちち違うの！　これは、その、そういうのじゃなくて……‼」

「ダメだろう、千夜？」

唇を波打たせるように歪め、グルグルと目に渦を巻いている千夜の顔を、ぐいっと俺のほうに向ける。

「いまは俺に集中するんだ」

「ままま待ってください、先生！　レ、レイアさんが！　円香が！　み、み、見……っ!!」

アワアワと慌てる千夜に、俺はニッコリと笑いかけた。

「見せてあげればいいよ。俺と千夜が愛し合うところをね」

躊躇なく、千夜と唇を重ねる。

「「ひゃぁっ！」」と、可愛らしい声がふたり分、上がった。

第一章　茅原レイアと平穏な日々

俺、リリス、千夜が暮らす家は、北城魔術女学院が所在する区の、隣の区にある。

レイアと円香は、毎朝電車に乗って、一緒に登校（俺とリリスにとっては出勤）するために俺たちの家に通ってくれていた。

北城魔術女学院は全寮制で、外出するには許可が必要だ。手続きには手間がいるだろうが、レイアと円香が面倒な素振りを見せたことは、一度としてない。

なんて健気な恋人たちだろう。ふたりには、本当に感謝しかない。

俺、千夜、レイア、円香、リリスの五人は、魔女学まで続く道をそろって歩いていた。

晴れ渡った青い空。傍らには可憐な恋人たち。なんとも清々しい朝だ。

ただひとつ、千夜がブスッとしていることを除けばだが。

「本当に先生はどうしようもなくエッチですね！」

千夜が俺に顔を背けながら、見るからにご立腹な様子で文句を言う。

俺の頬には、くっきりと紅葉が貼り付けられていた。

「レイアさんと円香がいるのに、キ、キ、キ、キスするなんて！」

「スマン、千夜。どうにも歯止めがきかなくて……」

「知りません！　先生のバカっ！」

千夜が怒るのも無理はない。今朝のキスはやり過ぎだった。そりゃあ、俺にビンタしたくもなるだろう。

人格変容したあとは、いつも後悔に苛まれる。思い出しただけで鳥肌が立つようなキザな言動を連発するし、必要以上に千夜をいじめてしまうし。

まあ、いじめられている千夜の艶めかしさは生唾ものだし、デメリットばかりじゃない。むしろ、千夜にはいじめられて悦んでいる節があるし、win-win-winじゃないだろうか？

そう考えると、人格変容も悪いとは言い切れな――

「先生？　なんだかイヤラシイことを考えていませんか？」

「ななななぜわかった⁉」

「鼻の下が伸びていました。内容次第ではもう一回ビンタです」

「待って、千夜さん！　笑顔が怖い！　目が笑ってないのが超怖い！」

ニッコリと笑いながらヒタヒタと頬に触れてくる千夜に、俺は「ひぃっ！」と悲鳴を漏らした。

普段の力関係は見ての通りだ。どうにも千夜には頭が上がらない。

「文句ばっかり言ってるけど、千夜ちゃん、先生のキスを受け入れていたよね？」

俺と千夜が夫婦漫才めいたやり取りをしていると、ぷくぅっと頬を膨らませたレイアがそう指摘してきた。

ギクリ、と体を強張らせて、千夜が慌てて弁明する。

「あ、あれは先生が強引に迫ってきたからであって、決してわたしの意思じゃないの！」

「じゃあ、なんで舌を絡めてたの？」

「はぅっ！」

「なんでキスしたあと、うっとり先生を見つめていたの？」

「あうぅぅっ！」

レイアに切り返されて、千夜が涙目でプルプル震える。

「それに、裸エプロンなんてしちゃってさ！　千夜ちゃん、はじめからその気だったんでしょ！」

「し、仕方ないじゃない、付き合いたてなんですから！　先生といっぱいイチャイチャしたいのよ！」

「開き直っても許さないいんだからね！」

堪らずといった様子で千夜が逆ギレし、レイアが威嚇する猫みたいに肩を怒らせた。

こんなこと思っちゃいけないんだろうけど、焦って本音をぶっちゃけてしまう千夜も、ヤキモチを焼いてくれるレイアも、ただただ可愛い。

ふたりの言い争いを眺めて頬を緩めていると、コートの袖がクイクイと引かれた。

見ると、円香が眉を『八』の字にして、切なそうに上目遣いしている。

「あ、あの……千夜さま、だけじゃなくて……わ、わたしたちも……その、あ、愛して、ほしい、です」

「うわ、可愛い。抱きしめていいか？」

「ふぇっ⁉」
イ、イカン、円香がいじらしすぎてつい本音が漏れた！
仕方ないだろ、可愛すぎるんだよ！　飼い主と離れるのを惜しむ子犬みたいにさみしそうな表情とか、頬を染めつつ視線を逸らす仕草とか、恥ずかしくても俺を求めてくれる健気さとか、円香への愛おしさで胸が締め付けられるんだよ！　心筋梗塞かと勘違いするレベルでな！

にやけそうになる口元を隠して悶絶していると、今度はレイアがコートの裾をつまみ、わずかに潤んだスカイブルーの瞳で俺を見上げてくる。

「ボクもだよ、先生。千夜ちゃんばっかに構ってたら、ボクたち、さみしいんだから」

愛らしさのあまり、膝が抜けるかと思った。

円香もレイアもマジで天使だ。俺はもう、天に召されても文句はない。

悶死しそうになるのをなんとか堪え、俺は思う。

確かに、最近は千夜に構ってばかりだったし、レイアと円香とは、まだ関係を持ってないんだよなあ。

千夜と結ばれて浮かれていたようだ。レイアと円香も俺と結ばれたがっているのに、ふたりの想いに応えられていなかった。

みんなを平等に愛すると誓ったのに、俺は本当にどうしようもない男だよなあ……。

ばつの悪さに頬を掻き、俺はレイアと円香に微笑みかける。

「悪い。最高に愛おしい恋人たちができて、ちょっと舞い上がってたみたいだ」

「はうっ⁉　ズ、ズルい……です、先生」

「そんな嬉しいこと言われたら、これ以上怒れないよぉ……」

円香とレイアがリンゴみたいに赤い顔をして、「「ううぅ……っ」」と恨めしそうに上目遣いした。

「本当にゴメン。お詫びになるかわからないが、今度デートしてくれないか？」

「せ、先生と……デート……！」

「もちろん、レイアと円香、それぞれふたりきりでだ」

「したい！　デートしたいよ、先生！」

不服そうだったふたりの顔が、パッと明るくなる。円香は頰を緩め、レイアは瞳を輝かせた。

明確な期待を示してくれるふたりの恋人に愛おしさを募らせながら、俺は告げる。

「そのとき、ふたりには俺の従者になってほしい」

レイアと円香が目を丸くして、茹で上がるように顔を赤くした。

自然な反応だろう。俺が言う『従者になってほしい』とは、『セックスしてほしい』と同義なのだから。

正直、俺も恥ずかしいし緊張している。俺にとってこの告白は、プロポーズみたいなものなんだ。

しばしの沈黙のあと、夢見るような表情で、ふたりが俺に微笑んだ。

「うん。ボク、先生の従者になりたい」

「ふ、ふつつか者、ですが……よ、よろしく、お願い、いたします」

「うわ、可愛い。やっぱり抱きしめていいか？」

「「ふぇっ⁉」」

おっと、イカン。また本音が。

想いを受け入れてもらう瞬間は格別だ。胸が甘く疼(うず)き、頭のなかが幸福で満たされる感覚。冗談じゃなく、感動でむせび泣きそうだ。

喜びを噛みしめてガッツポーズしていると、嬉しそうに手を合わせるレイアと円香を、千夜が羨(うらや)ましそうに眺めているのに気づいた。

最初、千夜は俺のハーレムに反対していた。いまは許してくれているが、やはり、自分以外の女性と俺が関係を持つのは複雑なのだろう。

だから、俺はこっそり千夜に耳打ちする。

(大丈夫(だいじょうぶ)だ、千夜。ちゃんと千夜も愛するから)

(お、お気遣(きづか)いは結構です！　レイアさんと円香が羨ましいとか、わたしは全然思ってないんですからね！)

わかりやすいツンデレだなあ。ふたりに嫉妬(しっと)しているのが丸わかりなんだけど。筒抜(つつぬ)けなんだけど。

ぷいっとそっぽを向く千夜の頬は、やっぱり緩んでいた。

✡ ✡ ✡

「今日は黒魔術師の代表格『魔女』について学んでいこう」

二年E組の教室にて、俺はチョークを片手に生徒たちと向き合っていた。俺が担当する、『黒魔術』の授業だ。

「魔女とは、悪魔と契約し、『魔女術』という特殊な魔術を扱う黒魔術師のことだ。よく知られている魔女術としては、箒を用いた『飛行術』、オオカミやフクロウへの『変身術』、暴風・雷雨を引き起こす『嵐の喚起』、様々な効果を発揮する『魔法の軟膏』の調合などがある」

カリカリとノートにペンを走らせる音が聞こえるなか、俺はひとつの問いを投げかける。

「ところで、魔女の起源がなんだったか、きみたちは知っているか?」

「魔女は、はじめは魔女じゃなかったんですか?」

生徒のひとりが首を傾げて尋ねてきた。

俺はチョークを立てながら答える。

「意外に思うかもしれないが、魔女はもともと『太母神』——多産・豊穣をもたらす女神に仕える、巫女だったんだ」

生徒たちが目を丸くした。

「どうして巫女が魔女になったんですか？　そもそも、太母神に仕えていたのに、なぜ悪魔と契約したんですか？」

「いい質問だ」

挙手した生徒に、俺は笑みを向ける。

「魔女が悪魔と契約したのには、どうしようもない理由があったんだよ」

一拍、生徒たちに考える時間を与えてから、俺は改めて口を開いた。

「『教会』による布教だ」

俺は黒板にチョークを走らせる。

「『神話界』の住人が、人々の信仰を力にしているのは知っていると思う。神話界の住人は、信仰を集めれば集めるほど力を増し、逆に信仰が薄れれば薄れるほど、力を失っていくんだ」

『人々の信仰』と綴ったあと、その上に『神話界の住人』と認め、矢印でつないだ。

一旦、チョークを止めて振り返る。

「このメカニズムを踏まえ、教会が布教を行うことでなにが起きるか、わかるかな？」

「『聖書』に登場する住人の強化と、ほかの神話に登場する住人の弱体化でしょうか？」

答えたのは千夜だった。

やはり千夜は優等生だ。俺の問いに対する答えにすぐたどり着いた。

俺は満足の笑みを浮かべる。

「正解。教会は、聖書に登場する住人を強化し、ほかの神話に登場する住人を弱体化させることで、自陣営の勢力増強を図ったんだ」

再びチョークを走らせ、『神話界の住人』の隣に『聖書の住人』と綴り、『人々の信仰』からの矢印を書く。

続いて、『人々の信仰』から『神話界の住人』へとつながる矢印に、赤いチョークでバッテンをつけた。

「人々の信仰を集められなくなった神話界の住人は、ほかの世界に自分の分身を送る『分霊』を行った。分身を地獄界に送り、悪魔とするためにな。

悪魔の力の源は『人間の欲望』。人間の欲望がなくなることはないから、悪魔が力を失うことはない。分身を悪魔にすることで、神話界の住人は己の力を保とうと考えたんだ」

生徒たちが、ふんふん、と頷きを返す。

「この布教で割を食ったのが魔女だった。魔女は太母神に仕えることで力を得ていたが、その太母神が弱まれば、必然的に魔女の力も弱まるからな。

「これが、巫女だった魔女が悪魔と契約せざるを得なかった理由だ。ようするに、力を維持するにはほかにやりようがなかったんだ。多くの太母神が、分霊によって悪魔化していたのも要因のひとつだな」

しかし、

「悪魔との契約は、おぞましい騒動の引き金となってしまった。以前の授業で話したように、悪魔は人間を惑わし《邪悪な願い》を叶える。しかし、それまで太母神に仕えていた魔女は、悪魔への耐性を持っていなかったんだ。

結果として、悪魔に誑かされた魔女が『違法魔術師』になるケースが急増した。その状況を危惧した教会が行ったのが、史上最悪とも呼べる大迫害『魔女狩り』だ」

俺は苦虫を噛みつぶしたような顔をする。個人的に、魔女狩りは人類史上最大の過ちだと考えているからだ。

その悲惨さは、生徒たちに解説するのが憚られるほどだ。実際、魔女狩りで行われた拷問の内容を、授業で教えることはタブー視されている。

だが、魔女狩りの凄惨さは次の俺の説明で伝わるだろう。

「中世からはじまった魔女狩りの被害者は、冤罪だった者も含めて十一万人を超える。現在は下火になったが、魔女狩りを行う者はまだいる。負の歴史はいまだに終わりを見せていないんだ」

教室内が静まり返った。なかには口元を手で覆う生徒もいる。

「この魔女狩りが教会への反発心を生み、違法魔術師となる魔女がさらに増えた。負のスパイラルってのはこのことだな」

チョークを置いて一呼吸。生徒たちを見渡す。

そこで、悲しそうな顔でうつむいているレイアに気づいた。

レイアの母親は魔女で、レイア自身も魔女だ。魔女を悪し様に言われたら、心を痛めるのは当然だろう。魔女を貶すことは、レイアやレイアの母親を貶すようなものなんだから。

教師としても恋人としても、悲しんでいるレイアを放ってはおけない。ここはフォローが必要だな。

俺は改めて口を開く。

「あくまでも個人的な意見として聞いてほしいんだが、俺は、一概に『魔女が悪』とは言えないと思うんだ」

レイアがうつむけていた顔を上げた。スカイブルーの瞳は驚きに見開かれている。

「さっき話した通り、古代の魔女は巫女だった。違法魔術師もほとんどいなかったと伝えられている。違法魔術師が増えたのは教会の布教が原因で、もともと魔女は被害者だったんだ。

加えて、教会が布教を行ったのは、力を独占するためだった。中世の教会は腐敗しきっていて、どこからどう見ても正義の組織ではなかったんだ。魔女たちが反抗心を抱いたのも、仕方ないと言えるだろう」

生徒ひとりひとりの目を見ながら、俺は訴える。

「違法魔術師を見逃せとは言わない。悪い魔女は確かに存在する。だが、悪い魔女ばかりじゃないんだ。現代の魔女には、魔法の軟膏を用いて医療行為に従事する者もいるんだからな」

なにが言いたいのかまとめると、

「偏見でひとを判断してほしくないんだ。物事の一面しか捉えずに判断すると、往々にして過ちを犯す。魔女狩りが無実の者を殺めたようにな」

呆然と俺の話を聞いていたレイアが、安堵したようにふわりと微笑んだ。

レイアの表情が和らぐのを見て、俺は口元を緩めた。

午前のカリキュラムが終わり、俺、千夜、レイア、円香、リリスの五人は、食堂でテーブルを囲んでいた。

「さっきはありがとう、先生！」

はじめて一緒に昼食をとったときと同じく、キツネうどんを注文して俺の正面に座っているレイアが、不意にお礼を言ってきた。

チキン南蛮を口に運ぼうとしていた俺は手を止める。

「さっきって？」

「黒魔術の授業のことだよ。あのとき、魔女は悪いひとばかりじゃないって言ってくれたでしょ？　ボク、スゴく嬉しかった！」

「お礼を言われるほどじゃない。人々に貢献している魔女がいるのは事実だし、大局的に見たら、魔女は被害者だからな」

「けど、あのときの先生、ボクに気を遣ってくれたんじゃない？」

お見通しとばかりに、にしし、とレイアがイタズラげに笑う。少し照れくさくて、俺は頬を掻いた。

「まあ、悲しんでいるレイアを放っておけるわけないしな。それに、俺が就任したばかりの頃、レイアは四面楚歌だった俺を気にかけてくれただろ？　その恩返しだ」

「ボク、そんなに大層なことしてないよ？」

レイアがコテンと首を傾げ、ゴールデンブロンドの髪がさらりと揺れる。

相変わらずの可愛らしい仕草に微笑ましくなりながら、俺は首を横に振った。

「そんなことない。あのときは冗談じゃなく失意のドン底だったからな。声をかけてくれたレイアが天使に見えた」

「大袈裟だよー」とレイアが苦笑する。

大袈裟じゃない。むしろ、天使って言葉じゃ足りないくらいだ。適切な褒め言葉が思いつかない自分が情けないよ。

――との本音は、恥ずかしいから口にしない。人格変容した俺なら、躊躇いなく言ってただろうけど。

「とにかく、俺はレイアに救われたんだ。それに比べれば、さっきフォローしたのは些細なことだよ」

「えへへ……ありがとう、先生」

もう一度お礼を言って、レイアがはにかんだ。頬を色づかせて目を細める様子が、悶えるほどにグッとくる。

レイアの可憐さはエナジードリンク以上の活力源だな！　これで午後の授業も頑張れる

ぜ！

「……そうですね。あの頃は確かにやり過ぎでした」

レイアの愛らしさに活力を張らせていると、沈んだ千夜の声が聞こえた。

レイアの隣に目を向けると、小松菜のおひたしに箸をつけた状態で、千夜がうつむいている。

千夜と並んで座る円香も、塩鮭の切り身をほぐしながら、琥珀色の瞳に涙をにじませていた。

頭の上に雨雲が浮かんでいるのかと思うほど、ふたりの表情は暗い。マンガなら『ズーン』の効果音がつけられていることだろう。

「勝手な思い込みで先生を不審者扱いして、孤立させてしまいましたね……」

「いや、あの……」

「わ、わたしも……先生のこと、怖がって……避けて、いました……」

「そ、そこまで落ち込まなくてもいいぞ？　俺は全然怒ってないから！　もう気にしてないから！」

慌てて宥めるも、ふたりの表情は晴れない。変わらずドンヨリしている。特に千夜の沈み具合は尋常じゃなかった。いつものツンデレが完全になりを潜めている。

ふたりが箸をトレイに置いた。

「本当に、なんと謝ればいいか……」

「も、申し訳……ありません……」

「どうしよう、トラウマをえぐっちまったみたいなんだが⁉　とりあえず、ふたりとも頭を上げようか‼」

深々と頭を下げるふたりに、俺は慌てふためく。

ふたりとも、俺を危険視していたことを相当気にしてるみたいだ。いま恋人である分、敵対していた過去が重くのしかかっているのだろう。

しくじった！　レイアへのお礼が、図らずも藪蛇になってしまった！

俺の隣で優雅にコーンポタージュを口にしていたリリスが、クスクスと笑みを漏らす。

「女の子の扱いはまだまだ未熟ね」

図星を指され、俺は「うぐっ」と呻いた。

い、一刻も早く話題を変えなければ！

「と、ところで、レイアのほうは大丈夫だったか？」

「ボク？　大丈夫って、なにが？」

キョトンとするレイアに、俺は「ほら」と続ける。

「あの頃、俺と親しくして、友達と気まずくならなかったか？」

就任当初、俺は全生徒から疎まれていた。そんな俺と仲良くするのは、火中の栗を拾うに等しい。

加害者は、被害者の味方を敵と見なすものだ。残念ながら、人間社会はそうできている。

俺と仲良くすることで、レイアは友達にハブられなかっただろうか？

俺が心配すると、レイアは苦笑いを浮かべた。どうしてだろう？　その表情からやるせなさを感じるのは。

「大丈夫だよ。ボク、友達いないから」

「……え？」

予想もしなかった答えに、俺はポカンとした。

✡　✡　✡

「そういえば、レイアさんが誰かと仲良くしているところは見たことがないですね」

「そうか……」

夕食時、向かいに座る千夜の返事を聞いて、俺は顔をしかめた。

——大丈夫だよ。ボク、友達いないから。

昼休みのレイアの発言が気になって仕方なかった。そこで俺は、レイアの発言が本当か知りたくて、千夜に話を聞いてみたんだ。

「ただ、わたしと円香はみなさんと距離を置いていたので、レイアさんの交友関係をすべて把握しているとは言えませんが」

「まあ、千夜と円香はリーヤンを警戒するのに必死だったろうしな」

千夜が硬い顔で頷く。

千夜は、『呪い屋』の異名を持つ違法魔術師、ハク・リーヤンに命を狙われていた。

当時、リーヤンの正体がわかってなかったので、千夜と円香はほかの生徒たちとの交流を避けていた。リーヤンが生徒に紛れている可能性や、仲良くなった生徒を巻き込んでしまう可能性を危惧していたんだ。

千夜と円香が生徒たちと交流をはじめたのは、リーヤンの脅威が去ったつい最近。レイアの交友関係を正確に把握するのは難しいだろう。

「お役に立てず、すみません」

「気にしないでくれ。そもそも、俺に甲斐性がないのがいけないんだから」

シュンと落ち込む千夜に、俺は慌てて手を横に振る。

悪いのは千夜じゃない。レイアの現状に気づけなかった俺だ。

もちろん、友達がいない状況にレイアが満足しているのなら、俺が口を挟む理由はない。友達付き合いを避け、孤独を好むひともいるからな。

ただ、レイアは友達を求めていると思うんだ。友達がいないと打ち明けたときに浮かべた苦笑い。それが、ひどくさみしそうに映ったから。

くそっ！　教え子の苦悩を察せないなんて、教師として情けなさすぎるぞ！

自分への苛立ちから乱暴に頭を掻いて、ハァ……、と大きく嘆息してから、俺は思考を切り替える。

反省するのはここまでだ。次は解決策を考えて、行動しよう。教師として、恋人として、レイアに友達ができるよう協力しないといけない。

それにしても……不可解な点があるな。

レイアの悩み解決を決意しつつ、俺はある疑問に眉をひそめた。

レイアは明るくて人懐こい、万人に愛されるような子だ。少なくとも、俺の学生時代にレイアみたいな子がいれば、生徒・教員・男女を問わず、人気を集めていたことだろう。

そんなレイアに友達がいない？　少ないならまだわかるが、誰もいないってのはおかしくないか？

魔女の子であることは、避けられる理由にはなるだろう。だが、誰からも嫌われるってほどじゃない。レイアが避けられる理由は、ほかにもあるんじゃないだろうか？

「ジョゼフくん？　レイアちゃんが心配なのはわかるけど、いまはわたしと千夜ちゃんに構ってほしいわ」

悩んでいると、横合いからリリスが箸を差し出してきた。

つまんだミートボールに手を添えて、ほんの少しのさみしさをブレンドした笑みをリリスが浮かべる。

確かに、レイアのことは気になるけれど、だからってリリスと千夜をおろそかにしていいわけがない。俺が目指すのは、全員が幸せなラブラブハーレムなのだから。

課題はひとまず置いといて、いまはリリスと千夜とイチャイチャしよう。

「うんうん」と頷き、俺は口を開ける。

「あーん」

「はい、あーん」

ツーと言えばカーのような以心伝心。すぐさまリリスがミートボールを俺の口に運んだ。

まだ完全にはリリスを異性として見られないけど、重度のシスコンと呼べるくらいにはイチャつけてないだろうか？

「美味しい？」

「ああ。リリスの愛情が隠し味だな」

「ふふっ。お上手ね、ジョゼフくん」

リリスが頬に手を当てて、嬉しそうに目を細める。

お世辞じゃなく、いつもの三倍は美味い。やはり、愛情は至高のスパイスだ。

「ほら、千夜ちゃんも」

「ふえっ⁉」

リリスに促され、千夜がビクッと肩を震わせる。その顔はリンゴみたいに赤い。

「べ、別にわたしは、先生にあーんしたいだなんて思ってません！」

「じゃあ、箸でつまんだその唐揚げはなに？」

「こ、これは自分で食べようと……」

「じゃあ、どうして手を添えて、ジョゼフくんに差し出してるの？」

「はっ⁉」

無意識だったらしい。言い訳できないほどあーんの体勢をしていた自分に気づき、千夜が愕然とした。

「け、けど、かかか間接キ……になっちゃうじゃないですか！」

「あら？　それ以上に大胆なことを何度もしているでしょう？」

「ぴゃあっ⁉」

「わたしの部屋まで聞こえるくらい激しいのですから、今更間接キスくらいで……」

「い、いま、聞き捨てならないことを言いませんでしたか⁉」

千夜がプスプスと湯気を上げながらワタワタと慌てる。

リリス、それに関しては俺も恥ずかしい。

今度からもう少しマイルドにヤるべきか？　でも、喘ぎまくる千夜って、メチャクチャエロくて滾るんだよなあ。

食事時に相応しくないことで悩んでいると、慌てている千夜を眺め、リリスがクスッと笑みをこぼした。

「けど、無理強いはいけないわよね？　仕方ないから、ジョゼフくんはわたしが独占しちゃいましょう」

リリスが再びミートボールを箸でつまみ、千夜に向けてウインクする。

明らかな挑発に、千夜は「むむむむぅ……っ！」と唸り、

「あ、あーん」

これ以上なく赤い顔で、唐揚げを差し出してきた。完全にリリスの手のひらで転がされてるな、千夜。

まあ、指摘するのは野暮というものだ。俺としても、千夜とイチャつくチャンスは逃せないし。

「あーん」

唐揚げを咥えてモグモグと咀嚼。

「お、美味しいですか？」

「当然だろ？　千夜にあーんしてもらったんだから」

「そ、そそそそれはよかったですね！」

千夜が顔を背ける。その口元は、隠しきれないほどユルユルに緩んでいた。果てしなく可愛いよな、このツンデレっ娘。

さて、してもらってばかりではイチャついてるとは言えない。互いに愛し合ってこそのイチャイチャだ。

俺は唐揚げを箸でつまみ、千夜に差し出す。

「千夜、お返しだ」

「ふぇっ⁉」

「ほら、あーん」

「あ、あうぅぅ……っ！」

ツンとデレが戦っているらしい。千夜は唐揚げを凝視して、口をパクパクと開け閉めしていた。待て状態のワンコみたいでオモシロ可愛い。

「千夜ちゃんが食べないなら、わたしがもらっちゃうわね？」

「あぁぁぁ――――――――――――っ‼」

千夜が躊躇っているあいだに、リリスが顔を伸ばして唐揚げを横取りする。千夜が『ガーン』の効果音が似合う顔をした。

「ズズズルいですよ、リリス先生！」

「ごめんなさい。いらないと思ったの」

「そんなわけないじゃないですか！　先生、もう一度です！」

「千夜、ツンがどっか行ってるけど大丈夫か？」

これは正気に戻ったら恥ずか死するやつだな。

楽しく賑やかに、俺たちはあーんを堪能し合った。

✡　✡　✡

翌朝も、俺たちは五人で魔女学に向かっていた。

「せ、先生？　えと……デ、デートは、いつ、しますか？」

隣を歩く円香が話しかけてくる。

「次の金曜日でどうだ？」

「えっ！　そんなに早くていいの？」

予想外の答えだったのか、レイアが目を丸くした。

「ああ。一日でも早くふたりとデートしたいからな」

「け、けど、お、お仕事は……大丈夫、ですか？」

「心配するな。金曜日までに全部終わらせる」

「そ、そこまで、してくれる、なんて……！」

「ボクたち、嬉しいよ！」

円香がふわりと、レイアがニパッと笑う。

嬉しいのは俺のほうだ。ここまで喜んでくれるなんて彼氏冥利に尽きる。俺の恋人たちが可愛すぎてツラい。

ふたりが見るからにワクワクした様子で、デートの順番を相談しはじめた。

「レ、レイアさん、よろしければ、お先に、どうぞ」

「えっ⁉　譲ってくれるの⁉」

「はい……レ、レイアさんは……その、恋人仲間、ですから」

円香が微塵も後悔がない表情でレイアに先を譲る。

内気で臆病だが、円香は思いやりに溢れた、『謙虚は美徳』を体現したような子なんだ。

レイアが感涙しそうな顔で円香に抱きついた。

「ありがとう、円香ちゃん！　大好き！」

「えへへ……わ、わたしも、レイアさんが、大好き、ですよ？」

円香が優しくレイアを抱き留める。

女の子同士が抱き合ったり、好きって言い合ったりするのって、百合百合しくてなんかいいよな、心がピョンピョンする。

ハーレムを築くなら多人数プレイもいいかもしれん。恋人たちが百合百合するのを眺めながらエッチ……いいな！　実にいい！　趣があって非常にいい！

妄想を膨らませてニヤニヤしていると、不意に右頬を指で突かれ、俺は「ふぐっ⁉」と情けない声を上げる。

「先生？　またイヤラシイことを考えていませんか？」

「待って、千夜さん！　指が痛い！　爪が皮膚に刺さってるから！」

「百歩譲ってわたしにでしたら構いませんけど、レイアさんと円香に変態的なことをしたら許しませんからね？」

「そ、それは、千夜自身はウェルカムっていうこと——痛い痛い痛い！　グリグリするのはめっちゃ痛い！」

千夜が頬にめり込ませた指をグリグリと回転させはじめた。照れ隠しするのは愛らしいが、爪でえぐるのはやめてほしい。

相変わらずの姦しさで校門まで来ると、リリスが「あら？」と呟いた。

「リリス？」

「また、厄介事が起きそうね」

いつもは穏やかなリリスの眼差しが、鋭さを帯びる。

リリスの視線を追うと、その先にひとりの少女が立っていた。

ダイヤモンドダストのように白い、ミディアムのストレートヘア。

片方が前髪で隠された、アーモンド状の目は純金色。

円香よりも少し高い背丈。おそらく一〇代半ばと思われる見た目。

どこか精霊を想起させる雰囲気の少女がまとうのは、白を基調とした衣服に金のストラ――『エクソシスト』の制服だった。

俺は警戒レベルを跳ね上げる。なにしろ、悪魔であるリリスにとって、エクソシストは天敵にあたる存在なのだから。

少女の金眼が俺たちを捉えた。アネモネ色の唇が開かれる。

「あなたを待っていた」

少女の目的が俺たちにあると示す言葉。

動揺している四人を庇うため、俺は前へ出た。

「きみは？」

「アグネス・アンドレーエ。英国教会に所属するエクソシストだ」

「エクソシストが俺たちになんの用だ？」

尋ねつつ、俺は少女――アンドレーエの目的を予測する。

俺は魔帝の後継者。リリスは魔帝『サタン』の娘。千夜は俺とのセックスで、魔王『ベリアル』の器となっている。教会は魔術界において最大級の組織。俺たちの情報を仕入れるくらい造作もないだろう。

悪魔に対する絶対的な力を持つエクソシストが俺たちのもとを訪ねてきたとあれば、穏便な用件とは考えにくい。

自然、俺の手は魔術師専用ベルトのポーチに伸びる。

感情のうかがえない表情のまま、アンドレーエが広げた右手を俺に向けた。

「警戒する必要はない、ジョゼフ・グランディエ。わたしに、あなたと争うつもりはない」

はい、そうですか。と警戒を解くほど俺はバカじゃない。いつでも『呪物』を取り出せる体勢を維持する。

ピリピリした空気が漂うなか、アンドレーエの視線が俺の隣に向けられた。

「わたしの用はあなたにある、茅原レイア」

「ボク？」

唐突に自分の名を呼ばれたためか、レイアがキョトンとした。

俺にとっても予想外だ。レイアはまだ魔王の器になっていない。俺と交際してはいるが、まずバレてはいないだろう。

それなら、アンドレーエの用事とはなんなのか？

「わたしはあなたを監視しにきた」

「「……え？」」

レイア、千夜、円香が困惑の声を漏らした。

俺も虚を突かれるなか、続くアンドレーエの言葉がさらなる波紋を起こす。

「魔術庁職員、池垣圭輔氏を殺害しようとした容疑がかけられている。『血染めの交差点事件』の首謀者、茅原マーガレットの娘である、あなたに」

第二章　エクソシストのいる生活

「池垣氏が襲われたのは、四日前の夜だ」

　一〇分後。学院長室に呼ばれた俺、レイア、リリスは、学院長：奈緒・ヴァレンティンから事情説明を受けていた。

「現場は千代田区の靖国通り。人払いの魔術が用いられたのか目撃者はいない。池垣氏は重傷を負ったものの、命に別状はないそうだ」

　定位置である重厚なデスクについている学院長は、白魚のような指を組み合わせ、硬い表情で続ける。

「意識を取り戻した池垣氏はこう証言した――『自分はガルムに襲われた』と」

「『血染めの交差点事件』の際に現れた悪魔ですね」

　俺の返答に、学院長が重く頷いた。

『血染めの交差点事件』とは、三年前、渋谷駅前のスクランブル交差点で起きたテロ事件だ。白昼下、ガルムの群れが突如として現れ、その場にいた人々を次々と襲い、二十二名が被害に遭った。幸い、居合わせたひとりのエクソシストが応戦したことで死者は出なかったが、そのエクソシストは生死をさまよう重体に陥ったらしい。

事件を起こしたのは、日本の魔女結社『蛇と梟』。そして事件の首謀者が、『蛇と梟』の首領を務めていた茅原マーガレットだった。

事件後、マーガレットは逮捕され終身刑に処された。同時に『蛇と梟』も解体されたとのことだが――

まさか、そのマーガレットがレイアの母親だとはな……。

名字は同じだが、流石に偶然だと思っていた。『茅原』って名字は、珍しいというほどじゃないからな。

学院長からの説明を受け、俺はおおよその事態を把握した。

「池垣氏を襲った手段は『血染めの交差点事件』に似通っている。そして、レイアはマーガレットの一人娘。だから、レイアに容疑がかけられたってことですね?」

「……その通りだ」

学院長が渋い顔で嘆息する。

学院長の隣に立っているアンドレーエが、話を継いだ。

「事件当時、茅原レイアは寮にいたと聞いている。だが、茅原レイアは一人部屋。ゆえに、アリバイにはなり得ない。

また、茅原マーガレットは、自身の『使い魔』を茅原レイアに受け継がせた。茅原マーガレットの力を継いだ茅原レイアには、『血染めの交差点事件』の再現が可能だろう」

よって、

「わたしは教会から派遣された。茅原レイアを監視し、池垣氏を襲撃した犯人かどうか確かめるために」

アンドレーエが語るあいだ、学院長は唇を引き結び、ひどく悔しそうな顔をしていた。

表情から察するに、学院長はレイアを疑っていない。

犯行手段から考えて、真っ先に疑いを向けられるのはレイアだ。しかし、レイアが犯人だという証拠はない。レイアを犯人と疑うのは、早計がすぎる。

学院長は、二十七歳にして学院の長になるほど有能だ。レイアを疑うのはお門違いだと気づいているだろう。

それに学院長は生徒想いだ。きっと、レイアの無実を訴えたことだろう。

しかし、『学院長』という役職は重職。上の決定に異を唱えると、日本と教会のあいだに溝ができる恐れがある。

だから、学院長は教会の意に従って、レイアの監視を承諾するほかなかったのだろう。

レイアへの理不尽な仕打ちに歯噛みしながら、俺は昨晩抱いた疑問に対する答えを得ていた。

レイアに友達がいないのは、マーガレットの娘であることが原因なのだろう。悲しい話だが、犯罪者の親族が後ろ指を指されるのは常だ。

そういえばレイアは、

――ボクだって好きだよっ！　先生は魔女の子であるボクを認めてくれたんだから！

そう言っていた。

もしかしたら、マーガレットの娘だからこそ、認めてもらったときの喜びが大きかったのかもしれない。

「……ずっと話せなくて、ごめんなさい」

それまで黙っていたレイアが、震える声で言った。

スカートにクシャリと皺を作り、ギュッとキツく目をつむって、

「でも！　ボクは池垣ってひとを襲ってないし、お母さんもテロなんて起こしてない！」

勢いよく顔を上げ、レイアが訴える。

レイアの必死な眼差しに、しかし、アンドレーエは顔色ひとつ変えなかった。

「確かにあなたの容疑は固まっていない。しかし、茅原マーガレットは実刑判決を受けている」

「違うよ！　お母さんは悪いひとじゃないもん！　お母さんは魔女の立場を守るために活動してきたの！　魔女術でいろんなひとに貢献してきたし、教会との争いを終わらせるために、協定を結ぼうともしていたんだよ⁉」

「だが、協定を結びに来日したエクソシストは、『血染めの交差点事件』に巻き込まれた。マーガレットの真の目的がエクソシストの襲撃で、協定を持ちかけたのは油断を誘うためだったとも考えられるが？」

「ううぅ……っ」

アンドレーエに切り返されて、レイアが弱々しく呻く。

どうやら、『血染めの交差点事件』に居合わせたエクソシストは、協定を結ぶためにマーガレットが呼んだ者のようだ。

歴史から見ても、教会と魔女は長らく対立してきた。だからこそ、エクソシストが重体に陥った際、マーガレットが疑われたのだろう。

虐げられてきた魔女が教会に一矢報いるため、協定を結ぶと偽りエクソシストを襲撃した――そう捉えられてもおかしくない。

縋り付くような目で、レイアが俺を見上げた。

スカイブルーの瞳は涙に濡れていて、愛らしい顔立ちもクシャクシャになっている。まるで雨に打たれる迷子のようだ。

俺はレイアの視線を受け止め、優しく頭を撫でた。

「心配するな。俺はレイアの味方だ」

「先生……っ」

涙をこぼすレイアに微笑みかけ、俺はアンドレーエを見据える。

「犯行手段と家族の事情だけで、レイアを疑うのはこじつけがすぎる。話を聞く限り、レイアのお母さんが『血染めの交差点事件』の犯人かどうかも怪しいぞ？　同胞を襲われた教会が、早とちりした可能性がある」

「取り調べの結果、茅原マーガレットが犯人だとする証拠はいくつも挙がっている。あなたこそ、こじつけでものを語ってないだろうか？　ジョゼフ・グランディエ」

ほんの少し眉を上げ、アンドレーエが睨んできた。俺はアンドレーエの視線を真っ向から受け止める。

睨み合うことしばし、アンドレーエが息をついた。

「茅原レイアを犯人とする証拠は確かにない。だからこそ、わたしが来た。この魔女学の生徒となり、間近で茅原レイアを監視するために」

「――っ！　手際のいいことだな」

「しばらくあなたの生徒として世話になる。わたしのことはアグネスと呼んでくれ」

苦し紛れの皮肉を口にする俺に、まったく応えていない表情でアンドレーエが片手を差し出した。

「よろしく頼む、ジョゼフ先生」

✡　✡　✡

「今日は、来週行う『悪魔との契約』について説明したいと思う」

波乱の朝を終え、俺は二年E組で授業を行っていた。厄介な展開になったが、教師である以上、職務はまっとうしないといけない。

「悪魔との契約をなぜ行うのか？　それは、契約した悪魔を『召喚魔術』で喚び出せるようにするためだ。悪魔の召喚魔術において、契約は必須の儀式となる」

悪魔との契約に必要な条件を、俺は黒板に書き連ねる。

「契約の儀式は、森・湖畔・洞窟など、普段ひとが立ち入らない場所で行われる。来週の授業では、この学院の地下にある『第九儀式場』を用いるぞ。

続いて必要な道具だが、『魔法円』を描くナイフと鎌、召喚した悪魔を鎮める香、召喚した悪魔を牽制するための『魔法剣』だ。これらの道具はこちらで用意するが、行く行くはきみたち自身で製作してもらおうと考えている。

契約は基本的に四人一組で行う。ひとりの契約者に対し、補助係が三人だ。熟練の魔術師ならひとりで契約までこぎ着けられるが、きみたちが儀式に挑むのはおそらくはじめてだろう。足りない魔力を補うためにも、補助係は必要だ。

儀式場には、あらかじめ俺が『魔法円』を描いておく。魔法円は悪魔を阻む結界の役割を果たし、召喚される悪魔は魔法円の内側に現れる。きみたちには外側から召喚を行ってもらうが、決して魔法円の内側に入ってはいけない。

悪魔が言うことを聞かない場合は魔法剣を用い、しっかりと牽制すること。――ざっと解説したが、わからないことはあるか?」

一旦振り返り、俺は「む」と顔をしかめた。

生徒たちが明らかに集中していない様子で、チラチラと教室前方――レイアのほうを気にしていたからだ。

ポリポリと頬を掻いて、パンパンと手を叩く。

生徒たちが、ビクッと俺に顔を向けた。

「悪魔との契約は危険を伴う。ちゃんと聞いとかないと後悔するぞ？　俺としても、きみたちには危ない目に遭ってほしくないしな」

コクコクと慌てたように何度も頷き、生徒たちがノートをとりはじめる。

溜息をついていると、千夜と円香が心配そうにこちらを見ているのに気づいた。

『大丈夫』の意を込め、俺は小さく頷く。千夜と円香には、レイアの境遇や、容疑者にされている現状を知らせているから、安心はできないだろうけど。

生徒たちの注意散漫、千夜・円香の不安、そして、俺の悩みの種となっているエクソシストは、レイアの隣の席にいた。

アグネスはエクソシストの制服から北城魔術女学院の制服に着替え、真面目にノートをとっている。

悔しいが、ほっそりした体付きに、長くしなやかな手足、ビスクドールのように白い肌と、北城魔術女学院の制服はよく似合っていた。

ただ、レイアの隣にいるのは困るよなあ。

レイアは魔女の子で、アグネスは教会のエクソシスト。昨日の授業を受けた生徒たちは、魔女と教会のあいだにどれだけの軋轢があるのかを知っている。

　容疑者にされたレイアがアグネスに監視されているという事情は明かされてないが、魔女とエクソシストの組み合わせは、生徒たちに好奇の目を向けさせるには充分だろう。

　当然ながら、レイアの表情は沈んでいる。レイアの疑いが晴れるまで、厄介事が起きなければいいのだが……。

　などと気にかけていると、なんの前触れもなく、ガタッと椅子を鳴らしてアグネスが立ち上がった。

　編入生の突然の行動に、生徒たちがポカンとする。俺も唖然としてしまい、なにも言えなかった。

　シン……、と静まり返る教室で、アグネスはシュッ、シュッ、と胸の前で十字を切り、指と指を組み合わせる。

「――三つのペルソナにましますいとも尊き唯一の天主」

「ちょっと待った」

　いきなり祈祷文を唱えだしたアグネスを、我に返った俺は止める。

　指組みしたまま、アグネスがコテンと首を傾げた。

「なんだろうか？」

「いきなりなにをしているんだ、アグネス？」

「祈祷だが？」

「それは見ればわかる」

アグネスがコテンと逆側に首を傾げる。

首を傾げたいのは俺のほうだ。俺が聞きたいのは、『アグネスの行為はなんなのか』ではなく、

「なぜきみは、授業中に祈祷しているんだ？」

「エクソシストに課せられた義務だ。《清貧》・《純潔》・《祈祷》を守らなければ、エクソシストは力を失う。わたしは毎日、朝・午前・午後・夕方・夜・就寝前に祈祷を行っている。いま行っているのは午前の祈りだ」

「あー……午前の祈りってのは、どうしてもいま行わないといけないのか？」

「時間は厳密に定められてはいない。ただ、わたしはいつもこの時間に行っている」

「時間に融通が利くなら、休み時間にやっておけばよかったんじゃないか？　祈祷ができない事情でもあったのか？」

三度、コテンと首を傾げたアグネスが、頭の上に電球が浮かんだような顔になる。

「先生、あなたは天才だろうか？」

「この程度で天才なんて褒められたら、本物の天才から叱られるわ！」

素っ頓狂な発言に、俺は思わずツッコんだ。

どうやらアグネスには天然の気があるらしい。冷たい印象が強かった分、抜けた姿を見せられては調子が狂ってしまう。

それに、アグネスの目的はレイアを貶めることじゃなく、池垣氏襲撃事件の解決だ。敵でない以上、邪険にはできない。

俺は大きく嘆息する。

「一応、きみの事情はわかった。今度から気をつけるように」

「承知した。――三つのペルソナにましします……」

「承知した側からなに祈祷してるのかな⁉」

「エクソシストには祈祷が課されて――」

「その説明はさっきしてもらった！　次の休み時間まで待てないのか⁉」

「先生、あなたは天才だろうか？」

「アグネス、きみはどこまで抜けてるんだ⁉」

アグネスのボケっぷりに、俺は額に手を当てた。

キョトンとしているからアグネスに悪気はないのだろうけど、だからこそ厳しく注意できない。この教え子は一筋縄ではいかなそうだ。

頭をガシガシと掻いている俺の前で、生徒たちの視線が再びレイアとアグネスに集まっていた。アグネスが悪目立ちしてしまった所為だろう。

生徒たちの視線にさらされ、レイアが居心地悪そうに肩をすぼめる。その表情は、普段の明るさが嘘みたいに暗かった。

このままレイアを放ってはおけない。

俺はひとつ決心した。

✡　✡　✡

「レイアを俺の家に住まわせてください」

昼休み。学院長室を訪ねた俺は、開口一番そう訴えた。

デスクで書類に目を通していた学院長が手を止め、俺と、周りにいる千夜、レイア、円香、リリスに視線を向ける。

「レイアくんはアグネスくんと同室になる予定だが？」

「アグネスが同室になるのはレイアを監視するためですよね？　だったら俺が監視します。

レイアの監視をするのは、別にアグネスじゃなくてもいいじゃないですか。教え子の責任を負うのは、教師である俺の務めです」

「ふむ」と学院長が唇に指を当てて考え込む。

もちろん、俺の主張は建前だ。レイアとの同居を望んだのは監視するためじゃない。レイアをアグネスとふたりきりにさせないためだ。

池垣氏襲撃事件の容疑者にされて、ただでさえレイアは精神的に参ってるんだ。自分の監視役と一緒に生活するなんて、とてもじゃないが耐えられないだろう。

その点俺の家には、俺を含め、リリスと千夜というレイアの味方がいる。俺たちでフォローすれば、レイアのストレスも和らぐはずだ。

千夜、円香、リリスからの同意も得ている。迷惑をかけたくないとレイアは遠慮していたが、俺たちにとってはレイアを放っておくほうが心苦しい。恋人を、友達を、仲間を助けたいと願うのは、自然な思いだ。

俺の言い分が建前だと気づいているだろう学院長は、ひとつ頷きをして、再び俺たちに目を向ける。

「わかった。レイアくんとジョゼフくんの同居を認め――」

「待ってほしい」

学院長の言葉が、背後から聞こえた声に遮られる。

振り返ると、学院長室のドアを開け放ったアグネスが、表情の乏しい顔つきにわずかな剣呑さをたたえ、立っていた。

「勝手な真似はやめてほしい。茅原レイアの監視はわたしの役目だ」

「学院長にも言ったが、レイアを監視するなら俺でも構わないだろう？」

「そういうわけにはいかない。あなたは茅原レイアに肩入れしている。逃走を手伝うかもしれない」

「俺が犯人隠避罪を犯すと疑っているのか？」

アグネスがコクリと頷く。

「先生はそんなことしないよ！」

「しないとは言い切れない。あらゆる可能性を考慮しなければならない」

レイアが血相を変えて訴えるも、アグネスは意見を曲げない。それどころか、予想外の提案をしてきた。

「あなたが茅原レイアと同居するのなら、わたしもついて行こう」

「アグネスも俺たちと同居すると？」

「あなたたちに後ろ暗いところがなければ、問題はないはずだが？」

アグネスの正論に言い返せず、俺は歯噛みする。レイアが心配そうに、俺のコートをつまんだ。

「……ジョゼフくんとアグネスくんの言い分はわかった。現状で最適なのは、レイアくんとアグネスくんがジョゼフくんたちと暮らす案だろう」

立場上、俺とアグネスのどちらか一方に肩入れできない学院長が、溜息をこぼす。

「ジョゼフくんとアグネスくん、両者の要望を許諾する。レイアくんとアグネスくんは、ジョゼフくんのお宅で世話になってくれ」

✡　✡　✡

最低限の荷物をまとめ、レイアとアグネスが俺の家にやってきた。

俺、千夜、円香、リリスが手伝ったこともあり、荷物運びはその日のうちに終了。ちょうど日が暮れたため、円香も加えて夕食をとることにした。

ダイニングテーブルにはリリスお手製のご馳走が並んでいるが、アグネスの前にはパンと野菜スープしかない。念のために言っておくが意地悪などではない。アグネスが自ら望んだことだ。

エクソシストに課された義務のひとつ、《清貧》が食事を制限するため、アグネスはパンと野菜・果物しか食べられないらしい。

《清貧》は衣服にも適応されるのか、アグネスはいまだに北城魔術女学院の制服を身につけていた。施された衣服しか着られないのだろう。

（先生、アグネスさんは危なくないのでしょうか？）

黙々とパンを口に運ぶアグネスを横目で見ながら、俺の隣に座る千夜が耳打ちしてきた。

（魔帝の血を継ぐ先生は半人半魔、リリスさんは悪魔です。エクソシストのアグネスさんが、おふたりを害そうとするかもしれません）

（いや、流石にそれはない。アグネスが俺たちを襲えば、横暴と見なされて教会の立場が危うくなる）

（ですが、先生は犯人隠避罪を犯さないか疑われていますし……）

（あくまで疑惑の段階だ。確証がない以上、アグネスは動かないよ。アグネスは、常に《正しく》物事を判断しているようだしな）

これまでの言動を踏まえると、アグネスは行動に感情を挟まない性格のようだ。レイアや俺を疑いはするものの、意図的に貶めようとはしていない。事実に基づき淡々と職務をこなしている。

アグネスは味方じゃないが、信用はできる。思い込みや衝動で過ちを犯すことはないだろう。

「アグネスちゃんは本当にパンとスープだけでいいの?」

俺と千夜がコソコソ相談するなか、アグネスを気遣ったリリスが、やんわりと尋ねた。

「構わない。《清貧》を守らなくては、わたしは力を失ってしまう。わたしはエクソシストとして一生を終えようと決めている。任務を果たすためにも、これでいい」

アグネスが素っ気なく答え、『任務』の単語にレイアがうつむく。

食卓に重い空気が漂った。

沈黙に耐えられなかったのだろう。視線を泳がせつつ、円香が口を開く。

「え、えと……この状況、では……デ、デートは、また今度にしたほうが、いい、ですね」

だが、話題がマズかった。円香の話を聞いて、アグネスがコテンと首を傾げる。

「誰と誰のデートだろうか?」

「ふぇ?」

「この場にいる男性が先生だけなので、相手は残る四人の誰かかと思う。しかし、物部千夜、茅原レイア、中尾円香は生徒で、リリス先生は親族だ。デートの相手として適切ではないと思うが」

「あ、あうぅ……」

「物部千夜と先生が同居しているのも疑問だ。なぜ、教師と生徒がともに暮らしているのだろうか？」

アグネスが俺たちの関係に気づきつつある。リリスを除く三人が、ギクッと体を強張らせた。

斜め前に座っている円香が、ギギギギ、と錆び付いたような動きで俺のほうを向き、縋るような目で見上げてくる。

「せ、せせせ、先、生……！」

円香の顔は真っ青で、琥珀色の瞳は涙でいっぱいだ。

俺たちは愛し合っているが、決して褒められた関係ではない。むしろ咎められるものだろう。

そんな関係に自分のミスで気づかれつつある。円香がテンパるのも無理はない。

「すすす、すみ、すみま、せん！」

「謝らなくていいよ、円香。千夜と同居している以上、いずれアグネスには気づかれただろうからな」

ポンポンと円香の頭を撫で、俺は正面に座るアグネスを見据えた。

「千夜、レイア、円香は俺の恋人だ。千夜と同居しているのはそのためで、レイアと円香とは、次の休みにデートする予定だった」

アグネスの金眼が、ス、と細められる。

「一般常識から考えれば、教師と生徒の恋愛はタブーだが？」

「その通りだ。俺たちの関係は非常識だし、周りから祝福されるものじゃない」

「では、間違っているとわかっていながら、なぜあなたたちは付き合っているのだろうか？」

そんなこと決まってる。

「俺たちが愛し合っているからだ」

アグネスの金眼から目を逸らさず、俺は言い切った。

どう考えても、教師と教え子の恋愛関係は歪だ。周りから批判されて当然だろう。

それでも、千夜は、レイアは、円香は、俺の恋人になってくれた。こんなロクでもない男を好きになってくれた。

俺たちの関係を俺自身が恥じるのは、恋人たちの想いに対する裏切りだ。

だから、揺らがない。覚悟はできている。

「誰にも認められなくても、何千何万何億人から罵倒されようと、俺だけは——俺たちだけは、自分たちの想いを誇ろうと決めている。たとえ世界中の人々を敵に回しても、俺は千夜を、レイアを、円香を、愛し抜く」

千夜、レイア、円香の頬が赤らみ、リリスが「あらあら」と微笑む。

アグネスが目をパチクリとさせ——コク、と頷いた。

「なるほど。理解した」

それだけ言って、アグネスが再びパンをちぎりはじめる。

あまりにも薄い反応に、俺は呆気にとられた。

己に《純潔》を課しているエクソシストからは、俺たちの関係が爛れきったものに映るはずだ。だから、アグネスは俺たちを咎めると思っていたんだが……。

「意外だな。アグネスは俺たちの関係を非難すると思っていた」

「非難する意味がない」

ちぎったパンを口にして、心底興味なさそうにアグネスが言った。

「わたしの使命は茅原レイアの監視。あなたたちが愛し合っていようとなかろうと、任務には関係ない」

✡　✡　✡

「――こんなところかな」

パソコンのキーボードを叩いていた俺は、ファイルを保存して背伸びした。同じ姿勢で長時間いたためか、体の節々からパキパキと音がする。

夕食後、円香を寮まで送り届けたのち、俺は教師としての仕事を行っていた。

今後の授業予定を組み立て終え、タスクバーの右下に目をやると、時刻は日付が変わる寸前だった。翌日に疲労を残さないためにも、そろそろ就寝するべきだろう。

スタートメニューをクリックし、パソコンをシャットダウンさせる。

コンコンとノック音が聞こえたのは、そのときだった。

「せ、先生、いま大丈夫ですか？」

ドアの向こうから、微妙に上擦った千夜の声が聞こえる。

こんな遅い時間にどうしたのだろう？　と首を傾げながら、「ああ、大丈夫だ」と俺は答えた。

「し、失礼します」

ゆっくりとドアが開いていき――そこにいた千夜に俺は見とれた。千夜の格好が、シースルーのベビードールという際どすぎるものだったからだ。

薄桃色のベビードールの向こうに、品行方正な千夜にはあるまじき、色っぽい黒のレースブラジャーが透けて見えている。

しかもベビードールの丈はおそろしく短く、ブラと同じくレース地の、黒いショーツが裾から覗いていた。

透き通る白肌を桜色に染め、千夜は恥ずかしそうにベビードールの生地を握った。強烈すぎるほど愛らしい仕草だ。雄の本能が刺激され、俺はゴクリと唾をのむ。

「どっ、どうした、千夜？　いつもと違って……せ、積極的だな」

ただでさえ赤かった千夜の肌が、さらに赤くなった。

恋人同士になってから、俺と千夜は何度も肌を重ねている。しかし、千夜の誘い方は常に初々しいもので、ここまで露骨な行動はとらなかった。少し戸惑ってしまう。

いや、俺としては嬉しいんだけどな？　いますぐ撮影して永久保存したいくらい、千夜の格好は扇情的だし。

「そそそのですね？　レ、レイアさんが、気を遣って勧めてくれたんです」

「レイアが？」

意外な答えに俺は目を丸くする。後ろ手でドアを閉めながら、千夜が小さく頷いた。

「アグネスさんと同居する以上、わたしと先生が……ックスできる機会も減るでしょうから、できるあいだに、だ、大胆な格好で、誘ってみては……どうか……と……」

後半に向かうに従い、千夜の声は小さく、顔は赤くなっていく。エロさと可愛さのダブルパンチで、俺はノックアウト寸前だ。

最高のアシストだ！　グッジョブ、レイア！

「ま、まあ、アグネスに目撃されるわけにはいかないしな」

心のなかで喝采しつつ、平静を装って頬を掻いていると、千夜が指先を合わせてモジモジさせながら続けた。

「そ、それに……今日は、自制できそうにありませんから」

「自制？」と聞き返すと、千夜がチラチラとこちらを窺いながら打ち明けた。

「アグネスさんに仰ってくれましたよね？『自分たちの想いを誇ろうと決めている』って……わたし、その、スゴく嬉しくて、ド、ドキドキが、治まらないんです」

黒真珠の瞳が物欲しそうに潤んでいる。

「は、恥ずかしくても、無理しても……せ、先生が、欲しいんです。おかしくなりそうなんですっ！」

千夜の告白が俺の心臓を撃ち抜いた。

かかかかか可愛ぃいいいいいいいいいいいいいいいいいいいいいいいっ!!

俺とシたくて堪らなくて、恥ずかしいのを我慢して大胆な格好したってことか⁉　あのツンデレの千夜が⁉　なんだよ、このいじらしさ！　きみはどれだけ俺を夢中にさせる気だよ⁉

千夜に対する愛おしさが限界突破する。興奮と歓喜と感動に、心臓が狂ったように早鐘を打つ。

「――わかったよ、千夜。俺も自制できそうにない」

気づけば、俺の人格は変容していた。紫色の魔力が溢れ出し、髪が黄金に染まる。

千夜がブルッと身震いして、トロンと蕩けた顔を見せた。

翌日に疲労が残ろうと関係ない。いまは千夜と愛し合うことしか考えられない。

椅子から立ち上がり、デスクの前に出て、俺は両腕を広げる。

「おいで、千夜。俺も千夜が欲しくてたまらない」

「はい、せんせぇ♥」

花に誘われる蝶のように、千夜が俺の胸に飛び込んできた。

そうするのが当たり前のように、俺と千夜は唇を重ねる。

プルプルの唇と何度もバードキス。はむはむと互いの唇を咥えてバインドキス。

一旦唇を離し、俺と千夜は見つめ合う。

「いつもより激しいキスだね」

「だって、ずっとせんせぇに触れたかったんです♥　せ、せんせぇは、こんなはしたない子は嫌いですか？」

不安げに瞳を揺らす千夜に、俺は柔らかく微笑みかけた。

「千夜を嫌いになるなんて、世界が滅びたってあり得ないよ。いつもの凜とした千夜も、淫らに俺を欲する千夜も、全部全部大好きだ」

「せんせぇ……♥」

「だから安心してさらけ出すんだ。千夜が求めるなら、いくらでも俺をあげよう」

証明するように、再び千夜とキスをする。先ほどよりもさらに激しい、舌を絡め合うディープキス。

互いの隙間を埋めるように唇を密着させて、歯茎を、上顎を、頬をなぞり、唾液をすすり合う。求め合うなんて言葉じゃ生温い。貪り合うような情熱的なキスだ。

俺と千夜は薄く目を開け、見つめ合いながらキスを続ける。陶然と潤んだ黒真珠は、どこまでも艶っぽく美しい。

甘露のような唾液と、熟れた桃のような匂いに酔いしれながら、俺は千夜の臀部に手を回した。

「んふぅっ♥！」

くぐもった嬌声が聞こえ、千夜の舌がピクンと痙攣する。

唇を重ねたまま、労るように優しく、千夜の尻を撫でる。フェザータッチがもどかしいのか、誘うように千夜の尻が揺れた。

いけない子だね、千夜。こんな官能的な仕草、どこで覚えたのかな？　きみが誘うのなら、俺は容赦しないよ？

内心でサディスティックな笑みを浮かべ、俺は千夜の尻をわしづかみにした。

「んうううぅうううううっ♥♥⁉」

ピーン！　と千夜の背筋が伸びる。

俺は魔力を両手に集中させ、荒々しく千夜の尻を揉みしだいた。わらび餅のようにネットリした女肉に、狂おしいほどの快楽をすり込む。

「んっ、ふぅんっ♥！　ううぅううううううんっ♥‼」

イヤイヤをするように千夜が首を振るが、逃がさない。千夜の口内を貪りながら、パン生地をこねるように尻をマッサージする。

ひっきりなしに身震いしながら、千夜が悦楽の涙をこぼした。

昂ぶりに合わせ、千夜の肌が熱を帯びていく。じっとりと汗ばんでいく。

桃のような千夜の匂いがより甘さを増すのを感じながら、俺はギュッと尻臀を握りしめた。

「ふううぅんんんんんんんんんんんんんんんんんんっ♥♥!!」

潤んだ瞳をまん丸に開き、全身を硬直させ、しかし舌は変わらず俺と絡ませながら、千夜が絶頂を極める。

ビクッ、ビクッ、と数回大きく震え、千夜が強張った体を弛緩させた。

千夜を抱きしめながら、長く長く重ねていた唇を離す。「あぁ……♥」と千夜が別れを惜しむように囁いた。

「可愛いよ、千夜。その蕩けた顔、もっと俺に見せて?」

「やらぁ、恥ずかしいれすぅ♥」

唇がふやけるほどのキスと、脳髄が痺れるような快感で、千夜の声は舌足らずになっている。

口では「やだ」と言っているが、千夜は俺から顔を逸らさなかった。千夜の健気さが、悦楽に溺れきった表情が、堪らなく愛おしい。

背筋をゾクゾクしたものが走るのを感じながら、千夜の脚のあいだに手を差し入れ、ショーツのクロッチをなぞる。

「んひぃっ♥!!」

ビクンッ！　と千夜がおとがいを逸らした。

「こんなに濡れてる。もう限界なんだね？」

「はい……せんせぇが欲しいれす♥」

繰り返し与えられた快楽で、思考に靄がかかっているのだろう。いつになく素直に、千夜がおねだりした。

「いい子だね、千夜。ちゃんと答えられた千夜にはご褒美をあげよう」

「ああ……っ♥」

整った千夜の細面が、期待と歓喜に緩む。

俺は千夜をベッドに寝かせ――

唐突にドアが開かれた。

「「へ？」」

驚いた俺と千夜が顔を向けると、いまだ制服姿のアグネスが、開かれたドアの側に立っていた。

「……ア、アグネス？」

予想だにしなかった闖入者に、変容した人格が元に戻っていく。

寝ぼけ眼だったアグネスは、ベッドで重なり合う俺たちを見て訊いてきた。

「……トイレはどこだろうか？」

「ト、トイレなら一階だぞ？」

「そうか、感謝する」

アグネスがドアを閉めつつ、思い出したように口を開く。

「どうやら邪魔をしてしまったらしい。謝罪する」

「い、いや、気にするな」

パタン、とドアが閉まった。

「……あぅ」

妙な鳴き声が俺の下から聞こえた。目を向けると、いままで見たことがないほど赤い顔を千夜がしている。

「ち、千夜？　大丈夫か？」

「あぅ……あぅあぅあぅあぅあぅあぅあぅあぅあぅあぅ……きゅう……」

「ち、千夜？　千夜ぉ――――――――――――――――――――――――っ⁉」

グルグルと目を回し、コテンと千夜が気を失う。どうやら羞恥心(しゅうちしん)がキャパオーバーしてしまったらしい。

あられもない格好で気絶した千夜に、俺は必死で呼びかけ続けた。

アグネスの乱入によってムードがぶち壊(こわ)され、結局、俺と千夜はセックスできなかった。

俺が一睡(いっすい)もできず、悶々(もんもん)としたまま朝を迎(むか)えたのは、言うまでもない。

✡　✡　✡

「千夜？　千ー夜ー？　聞いてるかー？」

「は、はい！　なんでしょうか⁉」

「ぼーっとしてるから呼んでみたんだ。ちゃんと授業に集中しないとダメだろ？」

「……はい……すみません」

俺にたしなめられて、千夜がシュンとうなだれた。優等生の千夜が叱られたことで、ほかの生徒たちがざわついている。

黒魔術の授業の最中、千夜は見るからに上の空だった。

仕方ない。昨晩、アグネスの乱入により、セックスの直前で待ったをかけられたんだから。期待していた分、欲求不満がひどいのだろう。

かくいう俺も非常にモヤモヤムラムラしてる。千夜の体がひたすらに恋しい。

この状況は見過ごせない。千夜は授業に集中できないし、俺も業務でミスしてしまうかもしれない。早急に対処しなくては。

建前をつらつらと並べ、俺は「うん」と頷く。

学院長に許可されてるし、あれを決行するか。

「もしかして具合が悪いのか、千夜？　次の昼休み、保健室で休んだらどうだ？」

「だ、大丈夫です！　決して具合が悪いわけでは――」

「俺もついていく。昼休みはつきっきりでいるから」

千夜がハッとして、頬を朱に染めた。

言葉の裏にある意図を察したのだろう――『保健室で睦み合おう』というメッセージに。

以前に意気投合した際、俺は学院長から校内淫行の許しを得ている。校内で恋人たちと愛し合っても、文句は言われないんだ。

「そ、そうですね。お言葉に甘えます」

凛とした千夜の顔立ちに、妖しい色香が滲む。

いつもなら拒んだだろうが、欲求不満が限界に達しているのか千夜もその気のようだ。

むしろ、校内淫行という倒錯した行為に興奮しているようにも映る。

なんだかんだ、千夜もエッチなのだ。むっつり系の。

俺と千夜の隠れたやり取りに気づいたのか、レイアと円香が顔を赤らめている。

昼休みを待ち遠しく思いながら、俺は授業を再開した。

✡　✡　✡

待ちに待った昼休み。俺と千夜は、校舎一階・北東にある保健室を訪れた。

保健室の壁には棚が並び、薬や包帯、治癒効果のある霊符や魔法薬が収められている。

窓際のデスク、奥にある三台のベッドに誰もいないのを確認し、俺はドアに鍵をかけた。

途端、千夜が抱きついてくる。俺の背中に、メロンほどもある千夜の豊満な胸が押しつけられた。

「せんせぇ……わたし、もうガマンできないです！」

甘えるような声で千夜がおねだりしてくる。

なにもしてないのに千夜の体は火照っていた。情欲で昂ぶっているのだろう。

愛おしさが募ると同時に、もっと可愛い姿を見てみたいと、嗜虐的な欲望が湧いてくる。

そっと、俺を抱きしめている千夜の腕を剥がした。

「嬉しいよ、千夜。けど、まだダメだ」

「え……」

すぐにも愛撫してくれると思っていたのだろう。期待を裏切られた千夜が、さみしそうな声をこぼす。

人格変容した俺は振り返り、潤んだ黒真珠を見つめた。

「千夜？　俺に愛して欲しい？」

「はい！　いっぱい愛してほしいです！」

「なら、俺の言うことを聞けるかい？」

「な、なんでもします！　だからシてください！」

言質をとり、俺はクスッと笑みを漏らす。

「じゃあ、自分で服を脱いでごらん？」

「ふぇっ⁉」

「見ているから、俺の前で裸になるんだ」

「そ、そんな……」

「おや？　千夜はなんでもするんだろう？」

「イ、イジワルぅ……っ！」

千夜が顔をトマトより赤くして、羞恥の涙を瞳に溜めた。

恨めしげに見上げる千夜に顔を近づけ、耳元で囁く。

「知らないのかい、千夜？　男はね？　好きな女の子にイジワルしたくなる生き物なのさ」

フルルッ、と千夜が身震いした。

「できるね？　千夜」

「…………は、はい」

か細くも肯定の返事をした千夜に、俺はニコッと満足の笑みを見せる。

最後の抵抗のように可愛らしく睨んで、千夜が数歩下がった。

ゴクリと唾をのみ、千夜がブレザーを脱ぐ。

震える千夜の指がネクタイを解き、シャツのボタンをひとつずつ外していく。被虐的な興奮を得ているのだろう。千夜の息はハァハァと荒い。

ボタンをすべて外し終え、躊躇うようにキュッと両手を握ってから、千夜がシャツを脱ぎ捨てた。くすみひとつない真っ白な肌と、シンプルなデザインの、白いブラジャーが露わになる。

キレイな鎖骨のライン、豊かな胸の膨らみを、俺は網膜に焼き付ける。俺の熱視線に、千夜が背筋をブルリと震わせた。

『さあ、続きをどうぞ?』と俺は視線で促す。恥ずかしそうに小さく頷き、千夜がスカートに手をつけた。

覚束ない手つきでホックを外し、ゆっくりとファスナーを下ろす。パサリ、とスカートがリノリウムの床に落ちた。

俺は思わず息をつく。

縦長のおへそ、引き締まったくびれ、わずかに浮かんだ腰骨に、リボンがあしらわれた白いショーツ。

肉欲を上書きする美しさ。純粋な感動を覚えるほど、千夜の体は芸術的だった。

何度も見てきたけど、感動は微塵も色あせない。いつまでも眺めていたいほどの、圧倒的な美がそこにあった。

背後のベッドに腰掛け、シューズを脱ぎ、千夜が黒いニーソックスに指をかけた。ニーソックスが下ろされるにつれ、カモシカのような美脚が姿を見せていく。

ニーソックスを脱ぎ終え、千夜が立ち上がった。

「ぬ、脱ぎました」

「千夜？　課題を忘れたのかい？」

飼い主に構ってほしがる子犬のような目をする千夜に、俺は微笑みとともに指摘する。

「『裸になるんだ』――俺はそう言ったはずだよ？」

「ううぅぅ～～～～……っ」

千夜の全身は赤く染まり、じっとりと汗ばんでいる。羞恥の限界が近いのだろう。

それでも俺は千夜に触れない。近寄ることもしない。抱きしめて心ゆくまで愛でたい欲求と戦いながら、ただ千夜を見つめる。

余裕の笑みを繕って、最後の一押し。

「それとも、やめるかい？」

「ダ、ダメです!!　……脱ぎます……から」

必死な様子で千夜が首を横に振る。

必死にもなるだろう。羞恥より、愛欲のほうが遥かに勝っているだろうから。

ここで中断されたら、膨れ上がった欲望で気が狂うはずだ。もちろんそれは俺も同じ。

体も心も、飢餓状態のように千夜を求めている。

千夜が背中に手を回し――意を決したようにブラジャーを外した。

カップに収まっていた胸がタユンと揺れる。ブラジャーが床に落ち、千夜の胸がさらされた。

手のひらに収まりきらないほどの豊乳。その尖端は、輪郭部ごとぷっくり膨らんでいる。発情の証だ。

尖りきった桃色の蕾を視姦され、千夜の膝がガクガクと揺れる。

緊張からか唇を引き結び、千夜がショーツの両サイドに親指をかけた。

一呼吸置いて、千夜がショーツを脱ぎはじめる。

ショーツがゆっくりと下ろされ、薄い茂みが覗いた。髪と同じく、星空を紡いだような美しい黒色。

もう赤くなる余地などなかったはずの千夜の肌が、さらに赤みを増す。

極限の羞恥のなか、さらにショーツが下ろされ――

ニチャ……

イヤラシイ水音とともに、千夜の秘部が現れた。

「……あぁっ♥」

吐息混じりの甘い声が、千夜の唇から漏れる。

ショーツのクロッチにはシミができ、千夜の秘裂とのあいだで糸を引いていた。一切愛撫してないが、千夜の花弁はすでに蜜をたたえていたらしい。

ショーツを下ろし終えた千夜が、片足ずつ引き抜く。

生まれたままの姿になった千夜が、俺を熱っぽい目で見つめた。

「こ、これでよろしいでしょうか？」

「よく頑張ったね、千夜」

俺からの合格判定に、千夜が頬を緩める。春情が色濃く表れた、淫らな笑顔。

「じゃ、じゃあ――」

「ああ。ご褒美の時間だよ、千夜」

歩み寄り、千夜の頭を優しく撫でる。心地よさそうに目を細め、千夜が全身をわななかせた。

千夜の顎をくいっと持ち上げ、俺は囁く。

「いままでのさみしさを、愛で埋め尽くしてあげよう」

唇を奪った。

俺が舌を伸ばすと、すぐさま千夜は受け入れる。舌と舌との睦み合い。互いに口内をくまなく舐め回し、唾液のカクテルを味わう。

腰に左腕を回すと、ピクン、と千夜が反応し、それでも俺に身を寄せてきた。

なおも激しく舌を絡め合い、存分に愛し合ってから唇を離す。唾液の橋がかかり、それを舐めとるように、俺たちはもう一度キスをした。

情欲に濡れた瞳で千夜が上目遣いしてくる。

「わかっているよ」と口にする代わりに微笑んで、すくい上げるように千夜の左胸に触れた。

「ふあぁあああああああああああっ♥!!」

途端に上がる桃色の嬌声。千夜の舌がピンと伸び、華奢な体がビクビクと痙攣する。

どうやら軽く達してしまったらしい。

《魅了》による快楽増幅があるとは言え、ここまで過敏な反応はなかなかない。焦らしに焦らされた分、感度が増しているのだろう。

欲情した犬のように息を荒らげ、もっともっととねだるように、千夜が腰をくねらせる。

わかっているよ、千夜。これはまだ前戯ですらない。頭が真っ白になるまで可愛がってあげるよ。

千夜の嬌態に昂ぶりながら、たわわな果実に五指をめり込ませる。「ひんっ♥!!」と千夜の肩が跳ねた。

綿菓子をつきたての餅で包んだような、フワフワモチモチの胸を、こねるように揉みしだく。

「ひあっ！　んっ！　ふぁ♥　はぁあああんっ♥！」

整った顔を悦楽に蕩けさせ、頬に歓喜の涙を伝わせながら、艶めかしく千夜が鳴く。どんな美鳥のそれよりも美しい鳴き声。

艶っぽいさえずりを楽しみながら、一旦胸から手を離し、俺は千夜の唇にそっと人差し指を当てた。

「ステキな歌声だね、千夜。けど、いいのかな？　ここは保健室。魔女学の校内だよ？」

「――――っ」

千夜が瞠目して息をのむ。

「千夜の歌声に、廊下にいる生徒が誘われてしまうかもしれない。いや、もしかしたら、もうバレているかもね」

「あ……う……♥」

千夜の体がブルリと震える。千夜の顔には怯えだけでなく、隠しきれない興奮が混ざっていた。

「千夜の可愛い声は俺が独占したい。我慢するんだよ？　いいね？」

生徒たちは俺と千夜の関係を知らない。学院長には許されているが、俺たちの情事が露見したら、流石に問題になるだろう。本来なら、いますぐ行為を中断するべき状況だ。

それでも千夜はコクリと首肯し、せがむように胸を突き出してきた。破滅と隣り合わせの倒錯したシチュエーションに、悦楽を覚えているようだ。

当然、やめるつもりは俺にもない。期待に応え、千夜への愛撫を再開した。再び千夜の左胸をつかみ、芯をほぐすような手つきで蕩かせる。

「んっ！　ふぅ……っ♥　……くぅん♥」

口元を手で覆い、千夜が必死で嬌声を堪える。それでも漏れ出る喘ぎ声が、俺の劣情をくすぐった。

いまだ触れていない右の胸に、俺は顔を寄せていく。

「うぅんっ!?」

なにをされるか察したのだろう。千夜が目を丸くして、イヤイヤと首を振る。

わかってないね、千夜。そういう愛らしい仕草が、俺を意地悪にさせるんだよ。

涙ぐむ千夜の瞳を見つめ返し、サディスティックな笑みを向け――輪郭ごと尖端突起を口に含んだ。

「んんんんんんんんんんんんんんんんんんんんんんんんんんっ♥♥!!」

快感の頂に誘われる千夜。絶え間なく痙攣する体。

構わず、俺はぷっくり膨らんだ蕾を舐め回し、音を立ててすする。

桃のような匂いが鼻腔を楽しませ、汗のしょっぱさとミルクのような甘みが舌に広がり、くぐもった喘ぎ声が耳朶をくすぐった。

「ふうぅぅっ♥！　んんんんっ♥　うぅぅうぅうぅうぅぅぅっ♥!!」

早くも三度目の絶頂。もはや千夜は、俺の支えなしには立っていられない。

「偉いよ、千夜。俺の言いつけを守ってちゃんと我慢しているね」

突起から口を離し、クリクリと指先で弄り続けながら、俺は千夜のおでこにキスする。

狂おしいほどの快楽に見舞われているだろう千夜は、それでも嬉しそうに目を細めた。

「じゃあ、次も頑張って我慢してね？」

言いながら、俺は千夜の肌に指を這わせ、徐々に下ろしていく。

へそを撫でてビクリと震えさせ、デルタ地帯の茂みをくすぐりゾクゾクとわななかせてから、

「行くよ？」

敏感な桃色粘膜に、指を這わせた。

「ひあぁあああっ♥♥!?」

流石に耐えられなかったのだろう。千夜の嬌声が室内に響く。

「約束は守らないとダメだよ、千夜。ほら、俺が手伝ってあげる」

唇で唇を塞ぎ、舌を差し入れながら、俺は蜜塗れの花びらをこすった。

「んんっ♥　ふぅっ♥！　うぅううううんっ♥!!」

ビクビクとひっきりなしに体を跳ねさせる千夜は、それでも従順に舌を絡め、俺のキスに応える。

健気な子だね、千夜。けど、声を上げてしまったお仕置きは受けてもらうよ？

内心でニヤリと笑い、俺は千夜のなかに指を埋め込んだ。

「んんんんっ♥⁉」

侵入してきた異物の感触に、千夜が目を剥く。

愛蜜のぬめりと千夜の温もりを感じながら、俺は指を鉤のように曲げた。

性感の密集部を引っ掻かれて、千夜の体が硬直する。

「んぅうううううううううううううううううっ♥♥!!」

俺の手を太ももでギュッと挟み、千夜が今日最大の絶頂を極めた。

絡めた舌さえもビクビクと震わせたのち、千夜の体から力が抜ける。

俺は唇を離し、夢うつつ状態の千夜を見つめた。

「どうだい、千夜？　満足できたかな？」

「………せんせぇは、本当に、イジワル、れす」

ローズピンクの口内粘膜（ねんまく）を覗かせながら、千夜が舌足らずな声でねだる。

「指だけじゃ……足りません」

「一〇〇点満点の答えだ、千夜」

チュッと軽いキスをして、俺はベッドまで千夜をエスコートした。

「千夜、横になって？　最後の最後まで愛し合おう」

指示通り、千夜がベッドに横たわる。

俺と千夜は熱っぽく見つめ合い——ふたりの距離（きょり）がゼロになった。

第三章 ハーレム・デート

三日後、土曜日の朝。

起床した俺は、洗顔と歯磨きのために洗面所に向かっていた。

アグネスと同居していることもあり、千夜とはあれからセックスできてないが、保健室でたっぷり愛し合ったためか、欲求不満になっている様子はない。

まあ、時折物欲しそうな顔をしているし、俺としても千夜が恋しくはあるが。

それはともかくとして、いまはレイアの疑いを晴らすことを考えよう。

階段を下りながら、俺は頭を切り替えた。

一番確実な方法は、真犯人を突き止めることだ。そうすれば、アグネスがレイアを監視する理由はなくなる。

問題は、どうやって真犯人を特定するかだ。

犯行現場付近で聞き込みをしてみるか？　いや、聞き込みなら警察がすでにやってるだろうし……『ダウジング』で真犯人の居場所を探れば……いや、魔力の痕跡は残っていないんだったか……。

あーでもない、こーでもないと頭を悩ませながら、洗面所がある部屋のドアを開ける。

そこに裸体の天使がいた。

「……は？」

ドアを開けた体勢で、俺はカチンと固まる。

ハチミツのようにツヤツヤな、ゴールデンブロンドの髪。

温かみのあるナチュラルホワイトの肌を惜しげもなくさらしているのは、レイアだった。

小柄で華奢な体付きは、さながら妖精のよう。

洗面所と脱衣所は併設されている。どうやらレイアはシャワーを浴びていたようだ。

しっとりと濡れたゴールデンブロンドと、水滴が伝う白肌が、艶めかしく、美しい。

発育に乏しい胸は幼げですらあり、色素の薄い蕾はベビーピンク。尖端突起は小豆ほどもない。

下腹部のデルタ地帯には茂みがなく、ツルツルだ。レイアの未成熟さが、俺の妖しい欲望を刺激する。

ドクドクと血流を加速させる俺に、レイアはまったく気づいてないようで、虚空を眺めてぼーっとしていた。

俺が生唾をのんだとき、ようやくスカイブルーの瞳がこちらに向けられた。俺とレイアの視線が交差する。

「……へぅ？」

どこか上の空だったレイアが、目を丸くした。

徐々に色づいていく白肌。アワアワと波打ちだす唇。

「スススマン！」

恥ずかしがるレイアの姿に、俺はハッと我に返り、慌てて脱衣所のドアを閉める。

うるさいほどに鼓動が激しい。

「か、確認もしないで入って、悪かったな」

「だ、大丈夫！　先生なら、その……へ、平気だし」

ドア越しにボソボソとした声が聞こえた。いじらしすぎる発言に、俺の胸がギューッと締め付けられる。

おおお俺を悶死させるつもりか、レイア!?　そんな可愛らしいこと言うなら抱きしめるぞ!?　頭なでなでして愛で倒すぞ!?

俺の恋人が健気可愛い。俺はもう死んでもいいかもしれない。

床を転がり回りたくなる衝動に耐えていると、ひとつの不可解に気づいた。

「あれ？　そういえば、脱衣所には鍵があるんじゃなかったか？」

ドアの向こうのレイアが、「あ」と呟く。

「ゴ、ゴメンね、先生！　鍵があるってリリス先生に教えてもらってたんだけど、かけ忘れちゃったみたい！」

「いや、謝らなくていい。ノックしなかった俺にも責任はある」

「けど、ボクなんかの裸を見せちゃったし……」

気まずさに頬を掻いていると、レイアが自嘲する気配がした。

「ボクの体って、ちびっこいし貧相でしょ？　みっともなかったよね？」

「そんなことない！」

気づけば、俺の口から否定の言葉が飛び出していた。

「俺はみっともないなんてこれっぽっちも思ってないぞ！　レイアの体はビックリするくらいキレイだった！」

「お、お世辞はいいよー」

「お世辞なんかじゃない！　俺はレイアの裸に見とれた！　いまだって、人格変容しそうなのを必死で抑えてるんだからな！」

「……本当？」

「嘘なんかつくか！　こんなに可愛くてキレイな子が俺の恋人になってくれたんだって、感動しているよ！」

真摯に訴えると、「……はぅ」と恥じらうような囁きが聞こえた。

「あ、ありがとう、先生……えへへ」

照れと嬉しさがブレンドされたような声色で、レイアがお礼を口にする。

ありがとうはこっちの台詞だ！　いちいち嬉しいこと言いやがって！　ますます好きになっちまうだろうが！

レイアは男心をくすぐる天才だ。顔が熱くて仕方ない。ドアに背をあずけいまだに治まらない動悸に、俺は、ハァ、と溜息をついた。

それにしても、レイアの様子、ちょっとおかしかったな。脱衣所に入ってきた俺に全然気づかなかったし、男と同居してるのに鍵をかけ忘れていたし。

「やっぱり、精神的に参ってるんだろうな」

原因として考えられるのは、アグネスの監視によるストレスだ。監視がはじまってから、レイアの笑顔はなりを潜め、表情もどんどん暗くなってきている。

「ふむ」と一考し、俺は決めた。

「真犯人捜しより先に、レイアのストレスを緩和しないとな。俺はレイアの先生で、恋人なんだから」

✡　✡　✡

「なあ、レイア？　なにか俺にしてほしいことはないか？」

「してほしいこと？」

部屋を訪れた俺の質問に、レイアがコテンと小首を傾げた。

レイアの部屋は、同居すると決めてから急遽用意したもので、元は物置だ。

そのため、部屋にある家具は極端に少ない。俺とレイアが腰掛けているベッドを含めても、片手の指で数えられる。もっと良質な環境を用意してあげたかっただけに、心が痛む。

「さっきのレイア、ぼーっとしてたし、ストレスがたまっているんじゃないかと思って」

「さっきのって……」

『さっきの』とは、もちろん、脱衣所でのことだ。

思い至ったのか、ナチュラルホワイトのレイアの肌が、ボヒュッと赤く色づいた。

レイアの裸を思い出した俺も、きっと同じくらい赤くなっているだろう。

「と、とにかくだな！　このままだと、ため込んだストレスで体調を崩したりするかもしれない！　だから、俺にできることはないかと思ってな！」

恥ずかしさを誤魔化すため、俺は自然と早口になっていた。

「そ、そっか」と、レイアは指と指をモジモジと忙しなく動かす。

チラチラと俺に視線を送って、レイアはポツリと呟いた。

「……ボク、先生とデートしたいな」

「今日する予定だった？」

「うん……アグネスさんに監視されているから、無理だってわかってるんだけど……」

シュンとレイアが肩を落とす。

確かに、俺とレイアがふたりきりになる状況を、アグネスが許すとは思えない。アグネスは、俺が犯人隠避罪を犯すと危惧しているのだから。

だが、レイアの願いは叶えてあげたい。なんとかならないものか……。

しばし考え、俺は思いついた。

「みんなでデートすればいいんじゃないか？」

「みんなで？」

「アグネスは俺とレイアがふたりきりになるのを警戒している。なら、ふたりきりにならなければいいんだ」

「け、けど、ボクのわがままに、みんなが付き合ってくれるかな？」

不安そうに眉を下げるレイアの前で、俺はスマホを取り出す。

「悩むより行動だ。わからないなら訊いてみればいい」

グループチャットを開き、メッセージを打ち込んだ。

『ジョゼフ：今日、みんなでデートしないか？』

数十秒後、早速反応が返ってきた。

『千夜：……デートってみんなでするものですか？』

『ジョゼフ：俺もとんでもないこと言ってる自覚はあるが、アグネスに許してもらうにはそれしかないと思ってな』

『円香：今日はレイアさんとデートする予定でしたしね』

溜息をつく千夜の姿が眼に浮かぶ。

円香は口下手だが、流石にメッセージでドモることはないらしい。

『リリス：妙案じゃないかしら？　もちろん建前だけど、「わたし、千夜ちゃん、円香ちゃんが、ジョゼフくんとレイアちゃんの動向を警戒する」と説明すれば、アグネスちゃんを説得できるかもしれないわ』

『ジョゼフ：もちろん後日、レイアと円香とは個別でデートする。ふたりきりでデートする約束だったしな』

『円香：わたしは大丈夫です。みんなと一緒でも、先生とデートできるのは嬉しいですから』

『リリス：わたしも賛成よ。ハーレムデートって、むしろワクワクするわ』

『千夜：し、仕方ないですね！　けど、わたしとも個別でデートしてくださいね？　レイアさんと円香のあとで構いませんから』

みんなからのメッセージを確認し、俺は頬を緩めた。こんなメチャクチャな頼みを聞いてくれるなんて、本当に、俺にはもったいないくらい素晴らしい恋人たちだ。

俺と同じくグループチャットを眺めるレイアは、目を丸くしていた。

「いいってさ、レイア」

「……わたし、恵まれていますね」

涙ぐみ、レイアもメッセージを打ち込む。

『レイア：みんな、ありがとう。本当に本当にありがとう』

すぐに、「どういたしまして」と手を挙げるクマや、親指を立てる猫のスタンプなどが送られてきた。

✡　✡　✡

「許可はできない」

　多人数デートの頼みを、アグネスはすげなく否決した。

　ダイニングに集まった千夜、レイア、円香、リリスのうち、リリスを除く三人が肩を落とす。特にレイアの落ち込み具合は大きく、顔を曇らせてうつむいていた。

　だが、俺は諦めない。アグネスに反論された場合に備え、納得させるための言い分は用意してある。

「アグネスは、俺とレイアが協力することを危惧しているんだろ？　だから、みんなでデートするんだ」

「物部千夜、中尾円香、リリス先生が、あなたと茅原レイアを見張る——そういう意図だろうか？」

「ああ。それなら安心だろ？」

　アグネスが首を横に振った。

「物部千夜、中尾円香、リリス先生も、あなたや茅原レイアの味方だ。全員で共謀する恐れがある」

「リリスは人間界で重要な立場にあり、レイアの逃走を手伝うと問題になる。そのリリスがいるんだから、間違いは起きないよ」

リリスを出しに使ったように映るだろうが、あらかじめ本人と相談済みだ。リリスは快く協力を買って出てくれた。

アグネスが見やると、リリスはニコリと微笑む。

俺の意見を吟味するように、アグネスが目を閉じた。

しばらく考えてから、アグネスが頷く。

「あなたたちのデートを許可しよう。ただし、わたしも同行する」

「構わない。ただ、デートの邪魔だけはしないでくれよ？」

「善処する」

アグネスが再度、コクリと頷いた。

✡　✡　✡

昼食をとった俺たちは、東京メトロに乗って移動していた。目的地は、『世界一高い電波塔』の間近にある、ショッピングモールだ。

つり革につかまって立つ俺の前には、三人の恋人とリリスが並んで座っている。

アグネスはいつもの制服姿で、俺たちの様子を離れた席から見張っていた。

「えと……な、なんだか……落ち着かない、ですね」

「仕方ないわ。アグネスさんに、デートを見物されているようなものですしね」

「みんな、ゴメンね？　ボクの所為で……」

「謝らないで、レイアちゃん。悪いのはレイアちゃんじゃないわ。池垣さんを襲撃した犯人よ」

円香と千夜がチラチラとアグネスのほうをうかがい、シュンと落ち込むレイアをリリスが慰めている。

状況が状況なだけに、憂慮なしにデートするのは難しいだろう。ここは俺が率先して空気を変えるべきだな。

「みんな、今日もおめかししてくれたんだな」

四人の視線が俺に集まる。

千夜が着ているのは、白いブラウス、黒いキャミワンピース、黒いローファー。

レイアが着ているのは、水色のパーカー、チェック柄のプリーツスカート、紺色のニーソックス、水色のスニーカー。

円香が着ているのは、ベージュのセーター、ピンクのカーディガン、オレンジのフレアスカート、ベージュのミュール。

リリスはいつもと同じく紫のワンピース姿だが、いつもは嵌めていない銀のブレスレットをつけていた。

ちなみに、魔術師専用ベルトは、俺を含む全員が着用している。

「シンプルなモノトーンコーデも、千夜が着たら華々しく映る。快活なレイアには、涼しい色味のパーカーが似合ってるな。わざわざ着替えてきてくれた円香は、性格と同じく優しいコーディネートだ。リリスのブレスレットはアクセントにぴったりだな」

「ふ、不意打ちで褒めるのはズルいです」

「ボクは嬉しいよ？　先生にもっと不意打ちしてほしい」

「き、着替えてきたのは……わたしが、したいから、です」

「そうね、円香ちゃん。好きなひとには、喜んでほしいもの」

そっぽを向く千夜も、口元を緩めるレイアも、少しうつむいてはにかむ円香も、おっとりと微笑むリリスも、頬を桜色に染めていた。

可愛すぎて参るなあ。みんな、俺のこと大好きかよ。気を抜くとニヤけてしまいそうだ。

ともかく、上手く空気を変えられたみたいだな。レイアもようやく笑顔を見せてくれたし。

目を細めていると、なにかに気づいたかのように、円香が俺を見上げてきた。

「そ、そういえば……先生を、『先生』とお呼びするのは……その、よろしく、ないのでは、ないでしょうか？」

「そ、そっか！　ボクたち、これからデートするんだから――」

「呼び方には気をつけないといけないわね」

レイアと千夜がハッとする。

確かに円香の言うとおりだ。『先生』呼びする三人が俺とイチャついていれば、俺たちの関係が周りにバレるかもしれない。なにか対策を施さなければ。

などと考えていたら、リリスが人差し指を立てた。

「なら、みんなでジョゼフくんを名前呼びしたらどうかしら」

「「「名前……呼び？」」」

俺、千夜、レイア、円香が真顔になる。

そ、そうか！　先生呼びができない状況は、見方を変えれば名前呼びしてもらうチャンスだ！

青天の霹靂だった。

俺と三人は恋人だが、同時に先生と生徒でもある。先生呼びは、どうしても『教師と教え子』の関係を意識させてしまう。

だが、俺を名前呼びすれば、『教師と教え子』の意識が薄れ、より恋人っぽく過ごせるかもしれない。

俺と同じ思考に至ったのか、千夜、レイア、円香がグッと拳を握った。

リリスがドヤ顔をしている。自分のアイデアの素晴らしさを誇っているのだろう。

ナイスアシスト！　とアイコンタクトしながら親指を立てると、リリスがお茶目にウインクを返してきた。

名前呼びの期待に俺は胸を膨らませる。三人はモジモジしながら頬を赤らめ――円香がチラリと上目遣いした。

「……ジョ、ジョゼフ、さん」

「お、おう」

あまりの破壊力に、俺の声が上擦った。

なななんだ、この胸の高鳴りは！　ただ名前を呼ばれただけなのに、幸福感と高揚感が尋常じゃない！

「え、えへへ……やっぱり、照れます、ね」

はにかみ笑顔が俺を追い打ちする。愛おしさのあまり吐血しそうだ。

「じゃ、じゃあ、ボクは『ジョゼフくん』って呼んでいい？」

「もももちろん構わないぞ、レイア！　むしろウェルカムだ！」

「やった！　いつもリリス先生が呼んでるのに憧れてたんだ♪」

小さくガッツポーズして、レイアが可愛すぎることを言ってきた。

スゲぇ！　名前呼び、スゲぇよ！　まるで恋人度にバフがかかったみたいだ！

喜悦にわななないていると、千夜が俺のジャケットをくいっと引く。

「わたしを忘れないでください……ジョ、ジョゼフさん」

頬を朱に染めて、千夜が唇を尖らせた。

拗ねた仕草とツンデレ効果が相まって、なんかもうわけわかんないくらい可愛い。脳汁がドバドバ出てくる。

「ありがとう……ありがとう、みんな！」

「泣くほど嬉しいの、ジョゼフくん!?」

「大袈裟ですよ、ジョゼフさん」

「で、でも、喜んで、もらえたのなら、光栄、です……ジョゼフさん」

感涙する俺に、レイアがギョッと驚き、千夜がハァと嘆息し、円香がクスリと笑みをこぼす。気に入ったのか、三人とも言葉尻で俺の名前を呼んでいた。尊すぎてますます涙が

俺たちのバカップルぶりに、周りの男性が殺意のオーラを放ち、怨嗟の呟きを漏らしていた。

しかし、俺は微塵も怯まない。逆に優越感でいっぱいだ。

——どうだ？ 俺の恋人たちは最高だろう？

そう言いふらしたい気分だった。

✡　✡　✡

「まずはどのお店に向かいます？」

「このカフェ、よさそうじゃない？」

「す、水族館も、あるんですね」

ファッションビルに到着した俺たちは、フロアガイドを眺めながら相談していた。

最初に向かう店を決めあぐねている三人の後ろで、俺は余裕の笑みを浮かべる。

いつかデートするときのことを考えて、このファッションビルの店は調べ尽くしてあるし、デートプランも立てていた。いまこそ、下準備を役立てるときだ。

「俺のオススメは――」

「なによりも優先するべきお店があるわ」

意気揚々と提案しようとしたところ、リリスが声をかぶせてくる。

リリスがやけに真剣な顔をしていたものだから、俺は狼狽して、言葉の先を口にできなかった。

「「「優先するべきお店？」」」

振り返った三人が首を傾げる。

リリスがコクリと頷き、大衆を導く聖女のようにワンピースを翻した。

「わたしについてきて」


「さあ、着いたわよ？」

モール二階・東部。はち切れんばかりの胸を誇らしげに張るリリスが、目的地を示す。

俺たちはポカンとした。なにしろ、リリスが示した店が、

「「「……ランジェリーショップ？」」」

女性用下着の専門店だったからだ。

「あ、あの……リリス先生？　どうして、ランジェリーショップを……その、優先したので、しょうか？」

「決まっているでしょう？」

疑問を口にする円香に、自然の摂理を説く哲学者のようにリリスが答える。

「ジョゼフくんとみんなは恋人。恋人たちにとって性生活は不可欠。性生活においてランジェリーほど重要なものはないわ。つまり、わたしたちはなにを措いても、下着選びしないといけないのよ」

「道理を説くようにしてものすごく俗なことを仰いましたね」

呆れ果てた顔つきで、千夜ががっくりと肩を落とした。

「真剣なご様子でしたので、よほど大切な用事があるのだろうと思っていました。無駄に緊張して損した気分です」

「なにを言ってるのかしら、千夜ちゃん？　下着選びひとつで、夜の性活が左右されるのよ？」

「普段は頼りになりますけど、リリス先生ってときどきものすごく残念になりますよね」

力説するリリスに千夜がジト目を向ける。

「やれやれ」と、聞き分けの悪い子どもを前にしたように、リリスが肩をすくめた。

「わかってないわね、千夜ちゃん。ジョゼフくん？　あなたなら事の重要性がわかるわよね？」

「流石にジョゼフさんもそこまでおバカでは――」

「素晴らしい意見だ、リリス。リリスの考えに至らなかった自分が俺は情けない！」

「ジョゼフさんもおバカなんですか⁉」

自分の愚鈍さを悔やみ天を仰いでいると、なぜか千夜が罵倒してきた。

俺はそんな千夜をまっすぐ見つめ、力説する。

「考えてみてくれ、千夜。ステキな下着は男女両方の興奮を促し、興奮した男女は互いを激しく求める。濃密な睦み合いの結果、ふたりの愛情はより燃え上がる――俺たちに必要なのは下着選びだったんだ！」

「あー、もう、ホント、ロクでもないひとですね！」

千夜が目をバッテンにして頭を抱えた。

おかしい。俺はこれ以上なく正しいことを言ってるはずなのに、どうして千夜は哀れみが混じった目で溜息をついてるのだろう？

「うーむ」と首を捻っていると、ジャケットの裾がクイクイ引かれる。見ると、レイアが頬を朱に染めて、俺に上目遣いしていた。

「ジョ、ジョゼフくんは、ボクがステキな下着をつけたら嬉しい？」

「嬉しい。天に昇るほど嬉しい」

「そ、そっか……じゃあ、ボク、頑張る」

「レイアさん⁉」

恥ずかしそうに視線を逸らしながらそれでも首肯したレイアに、千夜がギョッとする。

「わ、わたし、も……ジョゼフさんの、ためなら……えと、ど、どんな、下着も、つけられます、よ？」

「円香まで⁉」

モジモジと指を弄り合わせながら、円香も俺の意見に賛成した。おとなしい円香にしてはかなり大胆な発言とともに。

健気なふたりの恋人に、俺の愛情メーターが急上昇する。

「レイアも円香もありがとう！　ふたりと付き合えて、俺は本当に幸せ者だ！」

「「えへへへー」」

肩を包むように抱きしめると、レイアと円香はふにゃんと頬を緩めた。ふたりが犬なら、千切れんばかりに尻尾を振っていることだろう。

レイアと円香が堪らなく愛おしい。守りたい、この笑顔。

「あらあら、このままだと千夜ちゃんは仲間はずれね？」

「うぐぐ……わ、わかりました！　わたしも下着選びします！　これで文句はないでしょう⁉」

負けん気を発動させた千夜が、見るからにやけっぱちな様子で参加を表明。リリスはしてやったりと言うようにクスクス笑っていた。

優等生だけど、千夜って意外と踊らされやすいよな。先生、ちょっと心配だぞ。

「ま、まあ、よく考えれば普段下着を買うのと変わらないものね。ジョ、ジョゼフさん好みの下着を探すこと以外は」

自分を納得させるように千夜が呟いていると、リリスがパン、と手を打つ。

「それじゃあランジェリーショーをはじめましょうか。審査員はもちろん、ジョゼフくんよ」

「「「……………ふぇ？」」」

三人が目をパチクリさせた。

「そ、それって、ボクたちの下着姿をジョゼフくんに見せるってこと？」

「もちろんよ？　わたしたちの目的は、ジョゼフくんが気に入る下着を見つけること。でしたら、実際にジョゼフくんに披露するのが最善の方法でしょう？」

「だ、だからって、ランジェリーショーなんてできるわけないじゃないですか！」

「その……ほ、ほかのお客さんも、いらっしゃいますし……」

「それなら大丈夫。人払いの魔術を使用しておいたから」

「無駄に手際がいいですね！」

リリスの言うとおり、女性客で賑わっていた店内から、いつの間にか人気がなくなっている。

流石はリリス、魔術の仕込みが滑らかすぎだ。完全に技術の無駄遣いではあるが。

「さあ、これでなんの気兼ねもなくランジェリーショーを開催できるわ？」

「期待してるぞ、みんな！」

「そ、そんなにキラキラした目をされたら、断れないじゃないですか……」

観念したように千夜がうなだれ――ランジェリーショーが開催された。

✡　✡　✡

それぞれがいくつかの下着を選び、試着室に入った。衣擦れの音がするなか、俺は期待と興奮に胸を膨らませる。

「じゅ、準備できたよ」

まず声を上げたのはレイアだった。

「じゃあ、レイアちゃんから行きましょうか」

「ひゃ、ひゃいっ！」

裏返った返事とともに、右端の試着室のカーテンが開かれる。

「ど、どう……かな？」

白肌をリンゴ色に染めたレイアが現れた。

レイアがつけているのは、ミントグリーンのランジェリー。フリルが飾られた、可愛らしいデザインだ。

羞恥に視線を泳がせながらも、レイアがくるりとターンする。

「……似合ってる？」

「文句なし！」

不安げに訊いてくる様子も庇護欲をかき立てられる。胸をキュンと疼かせながら、俺は九点の札を上げた。

　レイアがヒマワリみたいな笑顔を咲かせて、ランジェリーのフリルとツインテールを揺らしながら万歳する。

「きゅ、九点も⁉　やったぁっ！」

「正直一〇点でも文句なしなんだが、初っぱなで満点はどうかと思ったんだ。スマン、レイア」

「ううん、すっごく嬉しい！　次は一〇点とるよ！」

　フンスフンスと鼻息を荒くして、レイアがカーテンを閉めた。

「つつつ次はわたしが行きます！」

「はい、千夜ちゃんどうぞ」

　リリスの号令を受け、左端の試着室のカーテンが開く。

　スラリとした長身の千夜がつけているのは、レースで飾られた、かなり大人っぽい、ピンクのランジェリーだ。

　羞恥に震えながらも、千夜が後ろ手を組んで、たわわなバストを強調する。

「い、いかがでしょうか？」

「ビューティー＆セクシー！」

　思わず生唾をのみ、俺は一〇点の札を上げた。

「ふふっ、早くも満点が出たわね」

「や、やったわ！」

「むぅ！　ボクも負けないからね！」

千夜が嬉しそうにピョンピョン飛び跳ね、試着室のレイアが対抗心を燃やす。なんだかんだ、千夜も乗り気になってきたみたいだ。

よかったよかったと頷きながら、タユンタユン弾む千夜の胸を、俺は網膜に焼き付ける。

「わ、わた、わたし、も……じゅ、準備、で、できまし、た」

千夜がカーテンを閉めてすぐに、中央の試着室から円香の声がした。心なしか、いつもより震えた声だ。

「じゃあ、円香ちゃんオープン」

迷いを振り切るような勢いでカーテンが開けられ——俺は目を奪われた。こちらをチラリと見やり、円香が顔を赤くしてうつむく。

意外に着痩せする円香がつけているのは、紫色のランジェリーだ。その面積は、レイアと千夜のランジェリーより明らかに少ない。

しかも、

「ひ、紐パン……だと？」

ショーツは左右を蝶結びで止めたもの。いわゆる紐パンだった。

内気な円香とは思えない過激な下着姿。俺は札を上げるのも忘れて、半裸の円香を凝視する。

円香はますます肌を赤くして、モジモジと内股になった。

「はぅ……み、見すぎ、ですよぉ……」

口ではそう言っているが。円香は体を隠そうとしない。羞恥に耐えて、下着姿を俺にさらし続ける。

「思い切ったわね、円香ちゃん。紐パンを選ぶとは、わたしもビックリだわ」

「そ、そそそ、その……このほうが、ジョ、ジョゼフさんが……ぬ、ぬ、脱がし、やすいかと……お、思いまして……」

俺のハートが撃ち抜かれた。

脱がしやすいかと思いまして？　な、なんて慈愛とエロスに溢れた台詞だ！　もはや金言だろ!!

「ブ、ブラジャーも……えと……は、外しやすいよう、フロントホックに、し、して、ます……」

「感動ものの献身ね。わたしがお嫁さんにしたいわ♪」

円香を絶賛しているようだが、リリスの声は俺に届いてなかった。心奪われた俺は、ふらふらと円香に近づいていく。

「ジョ、ジョゼフ……さん？」

「円香、好きだあぁあああああああああああああああああっ!!」

「ぴゃうっ!?」

愛おしさが臨界点突破した俺がギューッと抱きしめると、円香は可愛らしい鳴き声を上げた。

ほどよい肉付きの、円香の体は抱き心地が半端なく、しっとりした肌は吸い付くようだ。

「ジョ、ジョジョ、ジョゼフ、さん!?」

「なんていじらしいこと言ってくれるんだ!!　天使か！　女神か！　慈愛の化身か！　可愛すぎだろ、円香!!」

「よ、喜んで、いただけたの、ですか？」

「当たり前だろ！　撃ち抜かれたわ！　イチコロだわ！　なにこの可愛い生き物!?　お持ち帰りしてぇえええええええええええええええええっ!!」

俺の歓喜の叫びに驚いたのか、左右の試着室のカーテンが開く。

「なにを騒いでいるのですか？　……ええっ!?」

「ま、円香ちゃん、その格好……!!」

千夜とレイアが顔を覗かせて、予想外すぎる円香の下着姿に目を白黒させた。

攻めた下着姿を千夜とレイアに目撃され、円香は体温を急上昇させたが、構わず俺の背中に腕を回してきた。

「お、お持ち帰り、しなくても……わたしは、はじめから……ジョ、ジョゼフさんの、ものです、よ?」

トドメの台詞がクリティカルヒット。はにかみ笑顔とのコンボで俺のライフが一気に削れる。

ホント、好き！　円香、大好き！　生まれてきてくれてありがとう!!

感謝と愛情で涙しながら、俺は円香に頬を寄せる。人懐こいネコみたいに、円香も俺に頬ずりしてきた。

「ジョジョジョジョジョゼフさん！　こちらを見てください！」

円香と頬ずりし合っていると、再び千夜が試着室から出てきた。

「ど、どうですか!?　ジョゼフさんはこういうのがお好きですよね!?」

千夜がつけているのは、マイクロビキニタイプの黒いランジェリー。バストトップと、女の子の大事な場所以外、すべてをさらけ出した扇情的な格好だ。

「ボ、ボクも見て！」

右端からもレイアが登場。身につけているのは水色のシースルーランジェリー。ベビーピンクの胸の蕾が透けて見える。

俺は愕然として言葉を失った。
セ、セクシーランジェリー……だと⁉
実用性を捨て、女体の魅力を引き出すことに特化したランジェリーを、千夜とレイアが身につけている。セクシーランジェリー姿の教え子という背徳感極まる光景に、俺は全身をわななかせた。

「ま、円香には負けません！」

「ジョ、ジョゼフくんのためなら、もっともっとスゴい格好できるよ！」

強がってはいるが、千夜もレイアも全身茹で蛸色で、頭から湯気を上らせていた。はっきり言って限界寸前だ。

ふたりの身を切ったセクシーランジェリー姿に、円香が珍しく眉を上げ、対抗心を露わにする。

「わ、わたし、も……まだまだ、これから、です！」

まるで少年漫画のライバルのように火花を散らし合い、三人は試着室へ戻っていった。

「……ランジェリーショー、最高のアイデアだな、リリス！」

「でしょう？　惚れちゃってもいいのよ？」

「惚れる。結構マジで惚れる」


三人が選んだランジェリー（セクシーランジェリー含む）はすべて購入した。

羞恥心にオーバーヒートしてグルグル目を回す三人と、ホクホク顔のリリスが印象的だった。

✡　✡　✡

時刻が二時になり、俺たちはモール二階：中央部にある台湾スイーツの専門店で、一休みすることにした。

「このかき氷、ほわっほわで蕩けるよー♪」

「カステラも、ふわふわしてるのにしっとりしていて絶品です。豆花はどう？　円香」

「あ、あっさり、してて……優しい、甘さ、です」

「芋圓もモチモチして美味しいわ」

『女性は甘いものに目がない』とよく耳にするが、どうやら真実らしい。台湾かき氷を頬張るレイアも、台湾カステラを味わう千夜も、豆花（豆腐のスイーツ）を口に運ぶ円香も、芋圓（サツマイモやタロイモで作られた団子）に舌鼓を打つリリスも、一様にご満悦な表情をしている。

俺はタピオカミルクティーをすすりながら、恋人たちの幸せそうな様子を眺め、ほっこりしていた。

「円香、よかったら豆花を一口いただけないかしら？」

「か、構いません、よ？」

「じゃあ、わたしの台湾カステラと交換しましょう」

「あ、ありがとう、ございます！」

豆花をすくった円香と、台湾カステラをフォークで刺した千夜が、互いにあーんし合う。

「甘すぎずトロッとした食感……絶品ね」

「台湾カステラも……お、美味しい、です」

千夜と円香がほんわかと互いのスイーツを味わっている。まったく関係ないけど、女の子同士のあーんって麗しいよな。

動に、俺は笑みをこぼす。

「ジョゼフくんも、あーん」

「どうしたの、ジョゼフくん？」

「いや、レイアとはじめて一緒に食事したときのことを思い出してな」

俺は就任早々孤立していた。そんな俺を、レイアは食事に誘ってくれた。

「あのときも、こんなふうにレイアはあーんしてくれたよな」

「最後まではできなかったけどね」

レイアが苦笑する。そういえば、千夜と円香が現れて中断したんだっけ。あの頃は、まだ敵視されてたからなあ。

「あれから恋人になったんだと思うと、感慨深いな」

「えへへ……そうだね」

どこか照れくさくて、俺とレイアははにかみ合う。

「じゃあ、今日こそはちゃんとしようね、ジョゼフくん」

「ああ」

レイアが「あーん」と差し出した台湾かき氷を、俺は「あーん」と口にした。ふわふわのかき氷は瞬く間に溶け、甘みが舌の上に広がる。

「うん、美味い。レイアにあーんしてもらったからなおさらだな」

「大袈裟だよー」

バカップルなやり取りとともに、俺とレイアはクスクス笑い合った。

「ジョ、ジョゼフさん！　台湾カステラも美味しいですよ！」

「と、豆花も……いかが、ですか？」

「おっ、ありがとう」

レイアに張り合うように、千夜と円香がフォークとスプーンを差し出してくる。

「あーん」

「「あーん」」

パク、パクリ、と台湾カステラと豆花を一口。俺との間接キスを意識したのか、千夜と円香が頬を赤らめた。

ああ……いいなあ、これ。ハーレム感があって最高だ！　三人ともありがとう！　絶対に幸せにするからな！

台湾スイーツとともに幸福を噛みしめていると、隣に座っているリリスがスプーンを手渡してきた。

「ジョゼフくん、わたしにあーんして？」

「ん？　今日のリリスは甘えん坊だな」

「好きなひとだもの。甘えたくもなるわ？」

可愛らしいことを言って、リリスが「あーん」と口を開いた。

艶めかしい口内粘膜がさらされて、リリスとのキスの感触が想起される。

こんな色っぽいひとともキスしてるんだよなあ、俺。改めて考えると、俺って世界一の幸せ者なんじゃないか？

ドギマギしながら芋圓をすくって、リリスに差し出す。花びらみたいに可憐な唇が、スプーンをパクリと咥えた。

「ふふっ、ジョゼフくんのあーんは格別ね」

リリスがペロリと舌なめずり。ただスイーツを食べてるだけなのに、どうしてこんなにエロいんだろう？

「ジョ、ジョゼフさんからのあーん……!?」

「そ、その、発想は……ありません、でした！」

「ジョゼフくん、ボクたちにもあーんして！」

リリスの行動に愕然として、千夜、円香、レイアがスプーンを渡してきた。

口を開けて並ぶ三人の恋人たち。まるで餌をねだるひな鳥だ。

なんだろう、これ？　餌付けしてるみたいで妙に興奮する！

新たな世界を発見しつつ、俺は恋人たちにあーんした。

✡　✡　✡

デートも終盤。俺たちは最後に、モールの五階・六階からなる水族館を訪れた。

「キレイ……」

「ゆ、夢のなかに、いる、みたい……です」

「ええ。幻想的ね」

千夜、円香、リリスは、水槽を漂うクラゲたちに目を奪われている。

暗い室内、ライトアップされた水槽に漂うクラゲたちは、闇夜に舞う蛍のようにも映り、
俺も感嘆の息をついた。

「スゴいな……レイアも見てごらんよ」

振り返って呼ぶと、レイアが後方に目を向けていることに気づいた。レイアの視線の先には、俺たちを見張るアグネスの姿。

レイアが、パーカーの胸元をギュッと握った。その表情はひどく切なく、親とはぐれた迷子を連想させる。

俺の胸が絞られるように痛む。

「大丈夫だ」

気づけば、俺はレイアを後ろから抱きしめていた。

「レイアの疑いは俺たちが晴らしてみせる。どんなことがあっても、俺たちはレイアの味方だ」

レイアが息をのみ、か細い声で訊いてくる。

「……ジョゼフくん？　ボク、ジョゼフくんの恋人で、いいのかな？」

声だけでわかった。レイアが泣きそうな顔をしていることは。

「ゴメンね？　最後まで押しとどめようと思ってたんだけど……」

「いや、俺こそ無理をさせてすまない。ずっと、明るい振りをしてくれてたんだよな？」

レイアが苦笑する気配がした。

「やっぱり、ジョゼフくんにはわかっちゃうんだね」

「わかるさ。俺はレイアの恋人だからな」

そう。レイアはずっと、俺たちを心配させないよう、後ろめたさを押し殺していた。

——ジョ、ジョゼフくんは、ボクがステキな下着をつけたら嬉(うれ)しい？

——そ、そっか……じゃあ、ボク、頑張る。


レイアがランジェリーショーに応じたのは、後ろめたさの裏返しだったんだ。

「ボクといる所為(せい)で、ジョゼフくんまでアグネスさんに疑われちゃった。ううん、ジョゼフくんだけじゃなくて、千夜ちゃんも、円香ちゃんも、リリス先生も……」

レイアが、スン、と鼻を鳴らす。

「ボク、イヤだよ。ボクの所為でみんなが疑われるなんて……ツラくて、苦しくて、耐えられない……！」

俺(おれ)たちに迷惑(めいわく)をかけたくないからこそ、レイアは迷っている。俺と付き合っていてもいいのか不安になったんだ。

レイアの吐露(とろ)を受けて、俺は思う。

そうだよな。自分の所為で、大切なひとに迷惑をかけるのって、ツラいよな。

……俺も同じだよ。

「なあ、レイア？　俺にも、後ろめたいことがあるんだ」

「え？」とレイアが振り返る。スカイブルーの瞳には、涙が浮かんでいた。

「俺は本来、レイアたちと付き合えない。教師なんだから当然だよな」

「そんなこと、ボクたちは気にしないよ」

「ああ。レイアたちならそう言ってくれるだろう」

けどな？

「いつも申し訳なく思ってるんだ。俺が教師だから、レイアたちは普通の恋愛ができない。今日みたいに素性を隠さないといけない――レイアたちができたはずの普通の恋愛を、俺が奪ってしまったんだ」

「そんなことないっ！」

レイアが声を荒らげた。

「ボクたちは充分幸せだよ！　確かに、ボクたちの恋愛は普通じゃないかもしれない。それでも、ジョゼフくんはボクたちを守ってくれるし、喜ばせようとしてくれるし、愛してくれる！　ジョゼフくんが罪悪感に苛まれる必要なんかない！」

「ありがとう、レイア」

必死に訴えてくれたレイアを、俺は一層強く抱きしめる。

「俺も、いまのレイアと同じ気持ちなんだ」

「ボクと、同じ？」
「レイアは、自分がいたら迷惑なんじゃないかって心配してるんだよな？　けど、レイアは俺に優しくしてくれるし、俺に気を遣ってくれるし、俺を楽しませようとしてくれる。俺はもう、レイアがいない日々なんて考えられない」
覚えている。忘れるわけがない。
孤立していた俺に向けてくれたヒマワリみたいな笑顔も、
俺に告白してくれたときの真っ赤な顔も、
迷惑をかけたくないと、同居を遠慮したときの切なそうな顔も、
脱衣所で裸を見られたときの恥ずかしそうな顔も、そのすぐあと、キレイだって褒められたときの嬉しそうな顔も、
千夜に嫉妬したときの拗ねた顔さえ、
全部覚えている。俺を想っているからこそ見せてくれたレイアの顔を、俺は全部全部覚えている。
これからも、いつまでも、俺はレイアのいろんな顔を見ていたい。どんな困難が待っていても、俺はレイアを離さない。
「たとえ世界中の誰もが敵になっても、俺は──俺たちは、いつまでもレイアの味方だ」

だから、

「俺の恋人でいてくれ、レイア」

レイアの目が見開かれる。涙が一筋、頬を伝った。

俺の手に、紅葉みたいに小さい、レイアの手が重ねられる。

コクリとレイアが頷いた。

「……うん。ありがとう、ジョゼフくん」

✡　✡　✡

ファッションビルを出る頃には日が傾いていた。オレンジ色の大通りを、俺たちは駅に向かって歩く。

「た、楽しかった、ですね！」

「ええ。ステキな時間だったわ」

「また来ようね、ジョゼフくん！」

先を行く三人は、いずれも笑顔だ。先ほど不安がっていたレイアも、明るく笑っている。

デートを楽しんで、俺に悩みを打ち明けて、ようやくレイアの肩の荷が下りたみたいだ。

本当によかった。

胸を撫で下ろし、俺は笑い合う三人を微笑ましく眺める。

微弱な魔力を感じたのはそのときだ。

「――みんな、警戒してくれ」

三人が振り返り、剣呑な雰囲気を漂わせる俺を見て、顔つきを険しくする。

周りからひとの姿が消えていき、大通りに残るのは俺たち五人だけになった。先ほどの魔力は、人払いの魔術によるものだろう。

俺は嘆息する。

「せっかくのデートなのに、無粋な輩がいたもんだ」

直後、上空から青紫の火球が飛来した。

襲撃を察していた俺は、ベルトのポーチに素早く右手を伸ばし、呪物を取り出す。蛇の絵が描き込まれた、小さな十字架だ。

迫る火球に向け、俺は十字架の呪物を放り投げる。

『十字蛇剣により、我、諸悪を避けん！』

十字架に描かれた蛇が蠢き、宙に飛び出した。

俺たちと火球とのあいだで、蛇は十字架を中心とした円を描く。火球が円を避けるように軌道を曲げ、アスファルトに着弾した。俺たちは無傷だ。身を守る魔術だ。

『十字蛇剣の避悪呪法』。悪意をもって放たれた攻撃から、

「スーザン！　あいつ、結構やるわよ！」

「はんっ！　この程度でくたばられちゃ拍子抜けだったさぁ！」

頭上から、耳が痛くなるキーキー声と、甘酒のように粘っこい声がする。

見上げると、箒にまたがったふたりの女性が空を飛んでいた。

片方は、黒いくせ毛を腰まで伸ばし、ぎょろぎょろした青い目を持つ、ガリガリに痩せた高身長。

もう片方は、ダークブラウンのマッシュルームカットに、淀んだ緑色の目をした、酒樽みたいな肥満体型。

どちらも赤と黒のローブを身にまとい、円錐状の三角帽子をかぶっている。

箒を用いた飛行術――このふたりは魔女だ。

「容赦はいらないよ、マーシー！　徹底的にいたぶってあげようじゃないか！」

「賛成賛成！　皆殺し皆殺しぃいいいいいいいいいいっ‼」

酒樽女：スーザンと、ガリガリ女：マーシーが、懐から円形の紙を取り出した。黒と赤の模様が入った、白い紙だ。

　スーザンとマーシーが円形の紙を放ち、呪文を唱える。

『サータン・サータン・オムシグ・デニルス・サータン・サータン！』

　円形の紙が音を立てて燃え上がり、先ほど俺たちを襲った青紫の火球になった。肉体・精神の両方を傷つける、特殊な炎を生み出す魔女術『カヴンの魔符』だ。

　対して円香が、三本の注連縄をポーチから引っ張り出す。

『地の三十六禽、天の二十八宿！　聖なる宇宙を現出せよ！』

　俺たちの頭上で、注連縄の一本が長方形を、残りの二本が『×』の字を作った。

　パンッ、と円香が柏手を打つと、俺たちを囲むようにして、青白い長方体が展開される。呪術や魔物を阻む障壁を生み出す、『結界法』。

　青紫の火球が結界に衝突し、爆音を轟かせた。

　黒煙が広がるなか、俺は四人に指示を出す。

「相手の目的はわからないが、襲ってくるなら倒すまでだ。俺とリリスで魔将を呼び出すから、千夜、レイア、円香は時間稼ぎしてほしい。頼めるか？」

「「「はい！」」」

　千夜、レイア、円香が力強く頷き、俺とリリスの周りを固めるように立つ。

　俺はリリスの顎をくいっと上げさせた。

「行くぞ、リリス」

「ええ。たっぷり愛して、ジョゼフくん」

アメシストの瞳を期待に潤ませるリリスと、俺は唇を重ねる。

魔帝サタンの娘であるリリスは悪魔の女王と呼べる存在であり、《情愛》を体現する悪魔だ。

《愛》をもって関係を結ぶ——それがリリスの能力。リリスとキスすることで、俺は彼女に従う魔王直属の配下『魔将』の力を、一時的に呼び出すことができる。

リリスを満足させるために舌を差し入れようとすると、それより早く、リリスの舌が俺の口内に侵入してきた。

「んっ、ちゅっ、ふぅっ」

リリスの舌が俺の舌に絡みつく。構って構ってとねだるように。

珍しいな、リリスがこんなにもがっつくなんて。いつもは余裕たっぷりって感じなんだけど……。

驚く俺の頭に、ひとつの考えが閃く。

もしかして、リリスはさみしかったのか？

——あら？　それ以上に大胆なことを何度もしているでしょう？

——わたしの部屋まで聞こえるくらい激しいのですから。

俺と千夜の睦み合いに、同居しているリリスは気づいていたらしい。愛し合う俺と千夜の声を、リリスはひとり、部屋で聞いていたんだ。

もし、リリスが千夜をうらやましがっていたとしたら？　自分も愛してほしいと願っていたとしたら？

俺の推測を裏付けるように、リリスが体をすり寄せて、くねらせる。両腕を俺の首に回し、小玉スイカほどもある胸を押しつけて、ますます激しく舌を絡ませる。

誘うように、求めるように、希うように。

なんだそれ、可愛い！　リリスってこんなに可愛かったのか!!

育ての親としてではなく、姉としてではなく、異性として、リリスが愛おしい。

リリスの腰に右腕を回して抱きしめ、左手でヴァイオレットの艶髪を優しく撫でる。

リリスの想いに応えるべく、俺からも舌を絡ませた。

「んうっ！　ふうぅぅん♥」

うっとりとリリスが目を細める。

互いを見つめながら、俺とリリスは舌を絡め、唾液をすすり、身を寄せ合った。タンゴを踊るように情熱的に。

『我は悪魔の名により嵐を起こす！』

『サータン・サータン・オムシグ・デニルス・サータン・サータン！』

愛し合う俺とリリスを、空を飛び回るスーザンとマーシーが邪魔する。

スーザンがぼろきれを振り、近くにあったビルの壁に叩きつけた。途端、空中に黒々とした小さな雲が発生し、ゴロゴロと雷鳴を立てる。

風・雨・雹・雷を起こす、魔女術のひとつ『天候魔法』。

マーシーもカヴンの魔符を放ち、青紫の火球を生み出した。

天候魔法の雷雲が稲光を撃ち出し、火球とともに俺たちを襲う。

だが、問題ない。俺には三人の恋人がいる。

『お菓子くれなきゃイタズラするぞ！』

レイアが呪文を唱えた。レイアの体から紫色の魔力が立ち上り、広がる。

その魔力に呼び起こされたように、周りの大気がボボッと音を立てて発火し、いくつかの火の玉が生じた。

大気中に潜む低級霊に魔力を与え、焚き付け、火の玉とする魔女術『カボチャ提灯』だ。

　レイアに続き千夜も、魔術を行使するため、動物のかたちにされた紙片──『御幣』をポーチから取り出した。

『式のこれ上印に山の神大神さわら式、さわらのちけん、早風、黒風、さわらの大疫神を与えさせ給へ、くばる天なくわる天なくだる天なちなる天なちけんにそばか、開けた眼はふさがせん、あげた足は下ろさせん、踏んだ爪は抜かせんぞ、即滅そばか！』

『いざなぎ流』の呪文──『法文』を唱え、千夜が御幣を放る。

　御幣が白銀の光とともに巨大化し、銀の毛並みを持つ狼へと姿を変えた。

　いざなぎ流の『式王子』。神霊の力を使役する、『陰陽道』の『式神』に近い呪術。

「迎撃だよ、カボチャ提灯！」

「わたしたちを守りなさい、式王子！」

　レイアの火の玉が発射され、千夜の式王子が咆哮する。

　青紫の火球と火の玉が衝突し、爆音とともに炸裂。式王子が飛び出し、稲光から俺たちを庇った。

「刃向かってくれるねぇ、小娘ども！」

「スーザン、まとめて殺そう！」

　ふたりの魔女が苛立たしげに舌打ちして、俺たちの頭上でグルグルと旋回をはじめる。

スーザンは時計回りに、マーシーは反時計回りに飛びながら、そろって呪文を唱えた。

『『ペサメノス！　ペサメノス！　ペサメノス！』』

箒の穂先(ほさき)から、気色悪い、紫色の靄(もや)が発生した。靄は天を覆(おお)うようにして、ゆるゆると俺たちに降りかかってくる。

レイアがギョッとした。

「『ペサメノス三唱(さんしょう)』⁉」

「あれはどういう魔女術なの、レイアさん⁉」

「万物(ばんぶつ)を侵食(しんしょく)する瘴気(しょうき)を発生させる、魔女術の大技(おおわざ)！　マズいよ！　あの瘴気は結界じゃ防げないの！」

レイアの説明に、千夜の表情が強張(こわば)った。

ドーム状に広がった瘴気は、すぐそこまで来ている。

「だ、大丈夫、です！」

危機にさらされるなか、円香がキッと眉(まゆ)を上げた。

「わたし、が……浄化(じょうか)して、みせます！」

静かにまぶたを伏(ふ)せ、円香がスゥと息を吸う。

『高天原(たかまのはら)に神留(かむづま)り坐(ま)す、皇親神漏岐(すめむつかむろき)、神漏美(かむろみ)の命(みこともち)以て、八百万神等(やおよろずのかみたち)を、神集(かむつど)えに集(つど)え賜(たま)い、神議りに議り賜いて――』

厳かに唱えられはじめたのは『大祓詞』。穢れや災厄を祓い浄化する、『神道』の言霊だ。

大祓詞を唱える円香の体が、白く神々しく輝いた。

円香の体から発された輝きが瘴気を照らす。照らされた端から、白く塗りつぶされるように瘴気が浄化され、消えていった。

だが、瘴気の量に対して浄化の輝きはあまりにも小さい。喩えるなら、大雨とロウソクの火だ。

浄化の輝きを押し潰すように、大量の瘴気が襲ってくる。浄化を務める円香は、顔中を汗だくにしていた。

「無駄なあがきだねぇ！　あたしたちに敵うと思ってるのかい、小娘！」

「格が違うのよぉおおおおおっ!!　さっさとくたばりなさぁあああああああいい!!」

ダメ押しとばかりに、スーザンとマーシーがカヴンの魔符を放つ。絶体絶命の大ピンチだ。

「負けてやるもんか！」

「先生に頼まれたもの！　絶対に守り抜くわ！」

自らを鼓舞して、レイアがカボチャ提灯で火球を相殺し、千夜が式王子に、盾になるよう命じる。

『国中に荒振る神等をば、神問わしに問わし賜い、神掃いに掃い賜いて、語問いし磐根、樹根立、草の垣葉をも語止めて――』

円香もゼェゼェと喘息のような息遣いになりながら、大祓詞を唱え続ける。

しかし、抵抗にも限界が来ていた。瘴気が到達し、結界を侵食していく。

『お菓子くれなきゃイタズラするぞ！』

「式王子！」

『伊頭の千別きに千別きて――』

それでも諦めない。誰も諦めない。俺を信じて抗い続ける。

だから、応える。

俺はリリスの舌を搦め捕り、思い切りすすった。

「んぅうううううっ♥!!」

リリスの膝がガクガクと震え、くぐもった嬌声が上がる。

リリスが瞳を蕩けさせ――俺と魔将のあいだに繋がりが生まれた。

チュパッと音を立てて唇を離し、リリスの腰を抱いたまま、俺は呼ぶ。

『奮い立て混沌よ！　嵐の支配者よ！　古の海を我が手に示せ！』

空間が揺らぎ、俺の背後で風が吹きすさんだ。

『第四の魔将、ラハブ！』

風が渦巻きかたちを成す。生まれたのは巨大な幻影。手足・翼がなく、蛇のような長大な体と、魚に似た尾ひれを持つ、水でできた海竜だ。

『QUUAAAAAAAAAAAAAAAAAAHHHH!!』

海竜が頭をもたげ、天高く嘶いた。

『ラハブ』とは、旧約聖書の一書『イザヤ書』にて語られる、かつてエジプトを守護していたとされる大悪魔だ。

体現するは『嵐』と『混沌』。荒ぶる大海原の象徴にして、天地創造以前から存在したと言われる魔将。

ラハブの幻影を背負い、俺は魔力を解放した。

黒い髪が眩いばかりの黄金色に移り変わり、紫色の魔力が溢れ出して、ビリビリとアスファルトを震撼させる。

災厄級の魔力量をアプリが感知し、三人のスマホがけたたましい警報を響かせた。

三人がハッとして振り返り、臨戦態勢となった俺を目にして破顔する。

「「「先生！」」」

「待たせて悪かったな。ここからは俺に任せろ！」

牙を剥く肉食獣みたいに口端をつり上げ、俺は左の手のひらを天に伸ばす。

「来い、ラハブ！」

《魔帝の素質》をもって、ラハブの力を取り込む。ラハブの幻影が俺の魔力と混ざり合い、突き上げた手のひらに水流が渦巻いた。魔将の力の具現化だ。

渦潮の如き膨大な水流が圧縮され、三つの穂を持つ槍が錬成される。

鍛え上げられた槍を、俺はグッと握りしめた。

「『ラハブの三叉槍』！」

ラハブの力を具現化した直後、ついに結界が破られ、瘴気が侵入してきた。万物を侵食する瘴気が殺到する。

俺は恐れなかった。

「反撃開始だ！」

手首を返し、『三叉槍』を回転させる。『三叉槍』はどんどん回転速度を上げていき、目にとめることもできなくなり、残像すら生み出して、轟っ!!　と唸った。

『三叉槍』がかたちを失い、代わりに風が渦巻く。大気をかき混ぜ、蹂躙するほどの突風だ。

荒ぶる大海原の象徴たる、ラハブの力を具現化した『ラハブの三叉槍』は、その姿を『海の脅威』へと自在に変えられる。すなわち、『暴風・豪雨・大雪・雷轟』だ。

『三叉槍』が変異した暴風に、俺たちの髪が煽られ、宙を踊る。

台風ですら敵わないほどの暴力的な突風を、俺は解放した。

「吹き飛ばせ、『ラハブの三叉槍』！」

大砲が炸裂したような音とともに大気が爆ぜる。俺たちを取り巻いていた瘴気が一瞬で四散した。

「「なあっ⁉」」

仕留めたと思っていたのだろう。スーザンとマーシーが目を剝く。

俺はスーザンとマーシーを見上げ、暴君のようにニィッと笑った。

「俺の教え子に手ぇ出した罪、購う覚悟はできてんだろうな？」

「ぐ……っ！　粋がるんじゃないよ、若造がぁ‼」

「わたしたちの奥の手、見せてあげようじゃないのぉおおおおおおおおおお‼」

スーザンとマーシーが叫ぶ。

「来なぁ！　『キマイラ』‼」

「『バンシー』！　ズタボロにするのよぉおおおおおおおおお‼」

スーザンとマーシーの頭上に、巨大な扉が出現した。鈍色で、ところどころが薄汚れた、欧風の両開き扉だ。

錆び付いた金属をこすり合わせるような、不快な音を立てて扉が開く。扉の先に広がるのは闇だった。

ギラリ、と闇のなかに、光がふたつずつ灯る。

闇をかき分け、人魂のような光が近づいてくる。やがて扉から、ぬうっと二体のバケモノが出てきた。

スーザンの扉から現れたのは、ライオンの頭に山羊の胴体、ドラゴンの後ろ脚を持つ、ヒグマサイズの四足獣。

マーシーの扉から現れたのは、灰色の外套をまとう、死人のように青白い肌をした、女性の亡霊だ。

闇のなかに見えた光は、二体のバケモノの、双眸だったらしい。

俺は眉をひそめた。

「契約悪魔――使い魔の召喚か」

魔女の使い魔は二種類存在する。

ひとつは、動植物に魔力を与えることで一時的に味方につけたもの。

もうひとつは、己の契約悪魔そのものだ。

スーザンとマーシーが召喚したのは後者の使い魔。魔女の切り札たる契約悪魔だ。

「バンシー！　あいつらの精神を掻きむしりなさぁあああああいい!!」

『キイィィイイィィイイィィァァァァアアアァァァアアアァァアアアアアァアアッ!!』

マーシーに命じられ、バンシーが悲鳴を響き渡らせた。身の毛がよだつ、不快な金切り声だ。

千夜、レイア、円香が苦しそうに顔を歪め、「うう……っ!!」と崩れ落ちる。

バンシーは死の妖精。その悲鳴には、精神を蝕み、死を引き寄せる効果がある。俺は膨大な魔力を障壁にして耐えられるが、魔術師として未熟な三人には無理だろう。

「消し炭にしてやりな、キマイラ！」

三人がバンシーの悲鳴に苦しむなか、スーザンの指示に従いキマイラが口を開けた。

キマイラの口腔が赤く染まり、燐光がちらつく。

キマイラは、『リュキア』の活火山をシンボル化したもの。つまり、『火山への恐怖』から生まれた悪魔だ。

《火山》のシンボルだけあり、キマイラが吐く炎は、近寄る者をことごとく灰に変えるほどの熱量を持つ。まともに食らえば、俺でもただでは済まない。

バンシーの悲鳴で怯ませて、キマイラの炎でトドメを刺す。なかなかのコンビネーションだな。

　だが、相手が悪い。

　俺は左手の人差し指をバンシーへ向けた。その指先が闇色に染まる。

「うるさい、黙れ」

　闇色に染まった指先から、俺は『魔弾』を射出した。悪魔との契約によって撃てるようになる、一日六発限定の、必殺必中の弾丸だ。

　魔弾は一直線に飛び、吸い込まれるようにバンシーの額を穿った。

『ギ……ッ!!』

　バンシーの頭部が弾け飛び、悲鳴がピタリとやむ。

「わたしのバンシーが一撃で⁉」

「ちぃっ！　敵討ちだよ、キマイラァッ!!」

　マーシーがぎょろぎょろした目をさらに見開き、スーザンが唾を飛ばしてわめいた。

　キマイラの口から炎が放たれる。大通りを照らす夕日より赤く、陽炎を生むほどの熱を持った、紅蓮の奔流。

　焦らない。焦る必要もない。あの程度、脅威でもなんでもない。

　俺は再び左手を広げ、周囲に渦巻いていた『三叉槍』の暴風を集める。

槍の姿に戻った『三叉槍』を逆手に握り、振りかぶって投げ放った。

『三叉槍』が解け、真白い凍気となる。極低温の乱気流。あらゆる生命を凍てつかせる、死の風だ。

紅蓮の奔流と、純白の乱気流が衝突した。

紅が牙を剥き、白が爪を立て、互いを喰らい、かきむしり、殺し合う。

やがて、紅と白は互いの喉笛を噛み切った。

爆音。

衝撃。

灼熱と極寒の相殺が生み出した、夥しい水蒸気が空を埋め尽くす。

「キマイラの炎を止めただってぇ!?」

「いちいち驚くな」

歯ぎしりするスーザンに、俺は冷ややかに言い放ち、

「まだ終わりじゃねぇよ」

果実を潰すように左手を握った。

同時、戦場に漂っていた水蒸気が凝固し、無数の槍を形成する。

槍の穂先は、ひとつの例外もなくキマイラに狙いを定めていた。

「貫け！」

無数の槍が一斉に飛び出し、全方位からキマイラを襲う。

刺突、刺突、刺突刺突刺突刺突刺突刺突刺突刺突刺突刺突刺突刺突刺突刺突刺突刺突刺突!!

穴だらけになったキマイラが、火の粉となって散った。

スーザンとマーシーが言葉を失い、青ざめる。

カチカチと歯を鳴らすふたりの魔女を、俺はギロリと睨み付けた。

「改めて聞いとく――俺の教え子に手ぇ出した罪、購う覚悟はできてんだろうな？」

「「ひっ!!」」

頬を引きつらせて、スーザンとマーシーが前後反転。脱兎の如く逃げ出す。

「逃がすか！」

スーザンとマーシーを捕らえるために『三叉槍』を暴風へと変換したところで――

コツリ
足音がした。

『我汝を祓う、汝最も下劣なる霊よ、我らが敵の具現化よ、全き亡霊よ、我その軍勢のすべてを祓う――』

足音とともに聞こえるのは、純氷のように澄んだメゾソプラノが紡ぐ、『御言葉』だ。

スーザンとマーシーの箒が、速度と高度を落とした。

「なにやってるんだい、このポンコツ!!」

「進め進め進めぇええええええええええええええええっ!!」

突如鈍くなった箒の動きに、スーザンとマーシーが血相を変える。

どれだけわめこうが無駄だ。御言葉は悪魔の力を減衰させる言霊。当然、悪魔との契約を源とする魔女術も、例外なく弱められる。

スーザンとマーシーの飛行術は完全に機能不全に陥っていた。

自由落下に近い動きで、ふたりの魔女がアスファルトに叩きつけられる。「「げあっ!?」」と、潰されたヒキガエルみたいな悲鳴が上がった。

「人払いの魔術に手間取り遅くなった。謝罪する」

「気にしなくていい。教え子たちが守ってくれたからな」

俺は振り返り、いつもよりほんの少しだけ申し訳なさそうな顔をするアグネスに、首を振る。

「というか、こいつらを撃退するのはアグネスの仕事じゃないだろ?」

「いいえ。正しく監視するために、茅原レイアへの脅威は取り除くべきだ」

どこまでも真面目なアグネスの主張に、俺は苦笑した。

「日本の警察から手錠を渡されている。彼女たちはわたしが捕縛しよう」

「任せた。俺たちを襲った目的を、あいつらには白状してもらわないといけないからな」

アグネスがポーチから手錠を取り出す。

手錠には、魔術的な力を秘めた文字『ルーン』が無数に刻まれていた。あの手錠は日本の警察の特別製で、かけた者の魔力を完全に封じることができる。

スーザンとマーシーをアグネスに任せ、俺は教え子たちに向き直った。

「よく頑張ったな。あいつらを倒せたのはみんなのおかげだ」

「先生に頼まれたんだもん！」

「だから……わ、わたしたちは、頑張れたん、です」

「お礼なんて結構です。わたしたちは当たり前のことをしただけですから」

膝をついて労うと、レイアと円香が嬉しそうに笑い、千夜が頬を染めつつ視線を逸らす。

「じゃあ、千夜ちゃんは先生になでなでしてもらわなくていいんだね？」

「ふえっ⁉　ど、どうしてそうなるの⁉」

「だって、当たり前のことをしただけなんでしょ？　先生、ボクと円香ちゃんはなでなでしてね？」

「ああ。ふたりとも、ありがとな」

ったんだ。

レイアがイタズラげにクスクスと笑う。はじめから、レイアは千夜をからかうつもりだ
頭を撫でられて頬を緩めるレイアと円香を見て、慌てて千夜が頼んできた。

「ま、待ってください！　わたしも！　わたしもなでなでしてください！」

「えへへ……せ、先生の手、おっきい、です」


まあ、レイアの狙いに気づいたうえで俺も乗っかったんだけどな。ほら、千夜ってメチャクチャからかい甲斐があるし。

「悪い悪い」と頭を撫でると、千夜がぷくぅっと頬を膨らませた。俺を責めているんだろうけど、ただただ可愛くて癒やされる。

「なっ⁉」

俺たちが和気藹々としていると、アグネスが驚愕する気配がした。

「どうした、アグネス⁉」

何事かと振り返ると、アグネスの足下に一匹の蛇がいた。ニシキヘビ並みの大蛇だ。

蛇は、痛みにうずくまるスーザンとマーシーを庇うように、アグネスに牙を剥いて威嚇している。

「どこから現れたんだ、あの蛇？」

「わたしが手にしていた手錠が、変化した」

「手錠が？」と訝しむ俺に、緊張した顔に冷や汗を伝わせながら、アグネスが首肯した。

「あら、残念。かみ殺されてくれれば面白かったのに」

　頭上から、嘲笑混じりの声が聞こえたのはそのときだ。

　シャンパンのような、甘く大人っぽいアルトボイスに、俺たちは空を仰ぎ見る。

　箒に腰掛けて脚を組む、二〇代前半と思しき女性が、宙に浮いていた。

　一目でわかるグラマラスボディを真紅と漆黒のローブで包み、鈍色髪の頭には三角帽子。

　スーザン、マーシーと同じ衣装だ。

　スーザンとマーシーが、彼女の登場に破顔する。

「「首領！」」

「助けにきたわよ、スーザン、マーシー」

　格好といまのやり取りから察するに、彼女はスーザンとマーシーの仲間。それも、位は上のようだ。

　俺とアグネスが、新たな敵の登場に警戒を強める。

「――メアリ、さん？」

そんななか、信じられないものを見たような声で、レイアが呟いた。

新たな魔女――メアリが、ニコリと笑う。

「久しぶりね、レイア」

「どうしてメアリさんがここに？　なんで、スーザンさんとマーシーさんを助けるの？」

レイアは明らかに混乱している。メアリは、ただ面白そうに口端を上げていた。

「あのひとは知り合いか、レイア？」

「う、うん。メアリ・ハプスブルクさん。『ヘカテー』と契約してる魔女で、お母さんの結社で幹部を務めてたひと」

『ヘカテー』とは、ギリシア神話に登場する女神。豊穣・月・冥界を司る、太古の魔女が仕えた太母神の、一柱だ。

同神話に登場する、月の女神『セレネ』、狩猟の女神『アルテミス』と本質的に同じ存在で、『三面の女神』とも称される。

教会の布教の際に分霊を行ったため、女神であると同時に悪魔でもあり、魔女が契約できる悪魔のなかではトップクラスの存在だ。

「『蛇と梟』が解体されてから、ずっと連絡がつかなかったのに……」

「ゴメンね、レイア。やらなくちゃいけないことがあったの」

メアリの浮かべる笑みに、邪悪な色が混じる。

「『蛇と梟』の再結成と、テロ活動がね」

「…………え？」

呆然とレイアが呟いた。

「わからない？　あたしは『蛇と梟』の新首領で、いまの『蛇と梟』は、魔女の立場を守るとか、人々への貢献とかじゃなく、テロ活動をしてるってことよ」

「……嘘……だよね？」

「嘘じゃないわよぉ」

だって、

「『血染めの交差点事件』は、あたしが『蛇と梟』の首領になるために起こしたものなんだから」

レイアが言葉を失う。そんなレイアを眺め、メアリはニヤニヤと、サディスティックに笑った。

「ガルムを喚び出して人々を襲わせたのはあたし。マーガレットさんに罪を着せるため、証拠を捏造したのもあたしよ」

「そん、な」

レイアが青ざめ、カタカタと震え出す。

ギリリと歯を軋らせて、俺はメアリを睨み付けた。

「『血染めの交差点事件』と池垣氏襲撃事件の手口は瓜二つだった。池垣氏を襲ったのもきみか？」

「ええ、その通りよ。『血染めの交差点事件』はマーガレットさんが起こしたと勘違いされている。レイアはマーガレットさんの力を継いでいる。だとしたら、同じ手口の事件が起きれば、疑われるのは当然、レイアになるわよね？」

「なにが目的でレイアを疑わせた？」

「あなたから引き離すためよ、ジョゼフ」

槍のような俺の視線に小揺るぎもせず、メアリがいけしゃあしゃあと答える。

「魔帝の後継者である、あなたの力は強大。あなたがレイアの側にいると、あたしたちの目的の妨げになるのよ。だから、レイアが孤立するように仕向けたのだけど——上手くいかなくて残念だわ」

腸が煮えくりかえるかと思った。激情がマグマのごとく沸き立ち、抑えきれない怒りが魔力となって溢れる。

俺はメアリに問う。

「……容疑を向けられて、どれだけレイアが苦しんだかわかっているのか？」

自分のものとは思えないほど低い声だった。常に平静を保っているアグネスが、俺の怒気に気圧されて後退る。

「そんな怖い顔しないで？　せっかく色男なのにもったいないわよ？」

それでもメアリは平然としていた。

「仕方ないでしょぉ？　あたしたちにも目的があるんだから」

「目的だと？」

おどけるように肩をすくめ、メアリが口裂け女のように唇を歪める。

「そう。目的よ――『ティアマト』を手に入れるため、レイアを殺すっていうね」

レイアが瞠目した。

「ボクを……殺す？」

「そうよ？　ティアマトは魔女が契約できる最強の悪魔。あなたは、そのティアマトをマーガレットさんから継いでいる。あたしたちは喉から手が出るほどティアマトが欲しいの

がずっと有益じゃない？　テロ活動には力が必要なことだしね」

よ。未熟なあなたはティアマトを喚び出せないのだから、あたしたちが所持していたほう

バビロニアの創世神話『エヌマ・エリシュ』に登場する『ティアマト』は、海と塩水を司る、ドラゴンと人型のふたつの姿を持つ女神だ。

あらゆる女神の原型となった、最古の太母神であり、分霊を行い悪魔となった存在である。

その力は強力無比。メアリの言葉通り、魔女が契約できるなかで最強の悪魔だ。

テロ活動を目的とする『蛇と梟』なら、ティアマトを欲してもおかしくない。

そして、ティアマトなど高位の悪魔は、ひとりの魔術師としか契約しない。ティアマトを手に入れるには、レイアがいなくならなければならない。

だからレイアを殺すのか？　そんなことでレイアが傷ついていいのか？　殺されていいのか？　苦しんでいいのか？

いいはずねぇだろ!!　ふざけんな!!　許さねぇ……こいつだけは絶対に許さねぇ!!

俺は右の五指すべてに魔弾を装填した。

「俺の教え子に手ぇ出してんじゃねぇぇぇぇぇぇぇぇぇぇぇぇぇぇぇぇぇぇぇぇっ!!」

五点連射。

バンシーを瞬殺した漆黒の弾丸を、五発同時にメアリに放つ。

「怖い怖い。あなたとまともに戦うつもりはないわぁ」

五発もの魔弾に迫られながら、なお余裕を保ち、メアリがパチンッと指を鳴らした。

同時、宙を舞っていた木の葉が、アスファルトに転がっていた石ころが、ぐにゃりと変形して鳥のかたちになり、翼をはためかせる。

ギリシア神話に『キルケー』という魔女が登場する。『ティレニア海』の『アイアイエ島』に住んでいるキルケーは、島に近づく者を動物に変えてしまうとされていた。

ヘカテーはキルケーの母親！　キルケー同様、対象物を動物に変える力を持っているわけか！

メアリは契約悪魔であるヘカテーの能力を行使できるのだろう。アグネスが持っていた手錠を蛇に変えたのも、おそらくヘカテーの力だ。

カラスの群れが茜空を黒く染め、メアリの姿を覆い隠した。

「予告するわ。五日後の一〇時、『蛇と梟』は北城魔術女学院を襲撃する」

カラスの羽が舞い散るなか、メアリが酷薄に宣言した。

「優しいあなたのことよ。お仲間を人質に取られたら逃げられないわよねぇ、レイア？次は殺してあげるから、待ってなさい？」

カラスの群れが散開すると、メアリの姿は消えていた。アスファルトに転がっていたスーザンとマーシーも、いつの間にかいなくなっている。

メアリを取り逃がし、俺は拳を握りしめた。

「レイアさん!?」

「し、しっかり、してください！」

憤りに歯噛みするなか、千夜と円香が慌てた声を上げる。振り返ると、レイアが自分の体を抱いて、へたり込んでいた。

「レイア！」

俺はレイアに駆け寄り、両肩をつかむ。

「ボクの所為で……ボクの所為で、魔女学のみんなが……」

「きみの所為じゃない!!」

「ごめんなさい……ごめんなさいごめんなさいごめんなさいごめんなさい……!!」

光を失った瞳から涙をこぼし、レイアがうわごとのように繰り返す。

震えるレイアを、俺は抱きしめた。

「大丈夫だ。俺がなんとかする」

それでもレイアは、「ごめんなさい」と謝り続けた。

第四章　誓いと契り

デートから二日が経った。

月曜日の午前、魔女学の廊下を歩く俺は、窓から校庭を見下ろした。

そこにはいつもと変わらない校庭があるが、アグネスと、四名の魔術庁職員がいることを俺は知っている。

アグネスと職員たちは、『不可視の魔術』を用いて姿を隠し、密かに魔法陣を描いているんだ――『天使召喚』の魔法陣を。

メアリの襲撃予告を受けて、教会と魔術庁は以下のような迎撃作戦を立てた。
・北城魔術女学院の生徒・教員は、これまでと変わらず授業を行う。
・『蛇と梟』の襲撃までに、アグネスと魔術庁職員が天使召喚の準備を整える。
・襲撃してきた『蛇と梟』を、アグネスが天使『ミカエル』を召喚し、返り討ちにする。

要するに、魔女学の生徒を囮にして、『蛇と梟』を一網打尽にするつもりだ。エクソシストのアグネスは天使の召喚が可能で、天使は悪魔の天敵。メアリの契約悪魔ヘカテーでも、天使ミカエルには敵わないからな。

ただし問題はある。迎撃態勢を整えていると『蛇と梟』に悟られないよう、襲撃当日も授業を行わねばならず、生徒たちに害が及ぶ危険があるんだ。

生徒たちの身を案じ、俺、リリス、学院長と一部の教員が作戦に反対したが、教会と魔術庁の決定を覆すには至らなかった。

加えて、俺には気がかりがあった。

メアリは俺の戦闘力を危険視している。だからこそ、レイアに容疑を着せて、俺を引き剥がそうとしたんだ。

それなのに、メアリは襲撃予告をした。予告をすれば、態勢を整えた俺たちと勝負することになるにも拘わらず。

襲撃予告は自分の首を絞めるだけだ。メアリには、なにか狙いがあるように思えてならない。

そして――あの日から、レイアはずっと塞ぎ込み、部屋に籠もっている。自分の所為で魔女学の生徒を巻き込んだと、責任を感じているのだろう。

「……レイアは悪くねぇだろ」

知らぬ間に、俺は拳を握りしめていた。手のひらに爪が食い込むが、その程度の痛みで俺の怒りは静まらない。

できることならレイアの側にいたい。だが、レイア以外の生徒も、『蛇と梟』の襲撃に怯えている。

教師の俺には生徒を守る使命がある。だから、生徒たちを放っておくわけにはいかない。

「頼むぞ、リリス」

家でレイアを見守っているリリスに願いながら、俺は授業を行うため、地下にある第九儀式場への歩みを再開する。

自分の意思で選んだ教師という立場が、いまだけは煩わしかった。

✡　✡　✡

「では、先日の授業で知らせたとおり、悪魔との契約を実践しよう。召喚するのは、闇を司る低級悪魔『ミソパエス』だ」

第九儀式場に、二年E組の生徒が集まっていた。

第九儀式場は、学院の北側にある、石張りの地下室だ。四隅にある火桶で悪魔を鎮める香が炊かれ、室内には独特の匂いが漂っている。

中央には壇があり、ある紋様が描かれていた。

直径六メートルの円。その内側にふたつの円。外側にはふたつの四角形。

四角形のそれぞれの角には、頂点を中心とした円があり、いたるところに《聖なるシンボル》が記されている。

中央の円には、神聖四文字こと『テトラグラマトン』が刻まれていた。

この紋様は、俺があらかじめ描いておいた魔法円だ。

「儀式の手順は覚えているか？」

生徒たちがコクリと首肯し、「よし」と俺も頷く。

「まずは俺が手本を見せよう」

剣身に『聖なる言葉』が刻まれた、魔法剣を右手に持ち、俺は壇と正対した。

魔法剣を構え、呪文を唱える。

『霊よ、現れよ！　偉大なエルの徳と知恵と力と慈愛によって、私はお前たちに命ずる！』

魔法円が輝きを放ち、サッカーボール大の、黒い球体が現れた。ひとつの目玉とコウモリのような翼を持つ、この球体こそがミソパエスだ。

　よし、問題なく召喚できたな。

　そう思った矢先、ミソパエスの隣にもう一体、新しいミソパエスが出現する。

「……ん？」と、俺は眉をひそめた。

　さらに三体目が現れ、四体目、五体目、六体目……。

「あ、あれ？」

　流石に狼狽えた俺の前で、ミソパエスはどんどん数を増やしていき——最終的に魔法円の内側は、大漁時の魚網のように、ミソパエスでみっちり埋め尽くされた。

　予想外の光景に、俺を含め、生徒全員がポカンとしている。

「せ、先生？　悪魔って、一度の儀式でこんなに現れるものなんですか？」

「いや、俺は一体だけ喚ぶつもりだったんだが……魔力を込めすぎたか？」

「……悪魔との契約って、基本的には四人一組で行うんですよね？」

「たったひとりでこんなに……やっぱり、先生ってタダ者じゃないのかな？」

　生徒たちがざわつくなか、俺は後頭部を掻いた。

　おかしいな。魔力は加減したんだが……もしかして、千夜とのセックスの影響か？　従者との絆を深め、魔帝に近づいたことで、俺の力が上がったのか？

「あ、あの、先生？　ミソパエスたちが暴れてるんですけど、大丈夫なんですか？」

考えていると、ひとりの生徒が怯えた様子で尋ねてきた。

魔法円のなかでは、満員電車のようにぎゅうぎゅう詰めにされたミソパエスたちが、翼をバタバタさせて苛立っている。一つ目翼付き球体が、大量に蠢く様は、端的に言ってキショい。

「大丈夫だ。以前説明したように、魔法円は悪魔を阻む結界になるからな。魔法円の内側にいる悪魔は決して外側に出られない。心配はいらないぞ」

「そうですか……」

怯えていた生徒がホッと胸を撫で下ろす。

そこで俺は閃いた。

「ふむ」と腕組みして熟考。俺が急に黙り込んだことで、生徒たちが頭の上に『?』を浮かべる。

……この案、使えそうだな。

判断し、俺は生徒たちに切り出した。

「みんなに頼みたいことがあるんだが、いいか?」

✡　✡　✡

放課後。

一日のカリキュラムは終わったが、俺の仕事は終わらない。資料作成のため、俺はカタカタとキーボードを叩いていた。

「精が出るね、ジョゼフくん」

周りが引くほどの、鬼気迫る表情でタイピングしていると、横から紙コップが差し出される。

振り返ると学院長が苦笑していた。職員室に用事があり、ついでに俺に声をかけたのだろう。

俺は「ありがとうございます」と紙コップを受け取り、口をつけた。

「けど、根を詰めすぎるのはよくない。無理がたたって倒れたら、本末転倒だよ」

「……そういうわけにはいかないんです。俺は、一秒でも早く仕事を終わらせないといけないんですから」

グイッとコーヒーを呷り、タイピングを再開する。

学院長が嘆息した。

「レイアくんが心配なんだね？」

「はい」

リリスが見守ってくれてはいるが、任せっきりにしていいはずがない。レイアは俺の恋人なんだから。

正直、仕事を放り出してすぐさま帰りたいが、流石にそれはできない。

俺が仕事を放り出せば、当然ほかの職員に迷惑がかかる。そんなことになったら、優しいレイアは自分を責めるだろうから。

俺にできるのはただひとつ。仕事を最速で片付けることだけだ！

気合を入れ、タイピング速度をさらに上げる。

その折、デスクに置いていたスマホが震えた。画面に表示された発信者は『リリス』。

イヤな予感がして、俺はすぐさまスマホを手に取りスワイプした。

「どうした、リリス？」

『大変よ、ジョゼフくん！　レイアちゃんが失踪したわ！』

「なっ⁉」

驚きのあまり俺は立ち上がる。ガタンッとオフィスチェアが倒れ、職員室中の視線が俺に集中した。

『ごめんなさい、ジョゼフくん……わたしが目を離した所為で……』

「リリスの所為じゃない、仕事を優先した俺にも責任はある。悔やむのはあとにしよう」

いつもの余裕が欠片もないくらいリリスは狼狽している。俺はリリスを慰めつつ、自分の失態に歯噛みした。

「なにか手がかりはないか？」

『残念だけどないわ……いま、区の西部を捜しているところ』

「わかった。すぐに俺もそっちに向かう」

通話を切り、スマホをポケットにしまい、コートを羽織る。

職員室を飛び出そうとしたところ、ひとりの教員から声がかかった。

「どこに行くんですか、グランディエ先生⁉」

「緊急事態が発生しました。一足先に帰らせてもらいます」

「し、仕事はどうするんです⁉」

「わたしが引き受けよう」

慌てる教員に答えたのは、俺ではなく学院長だ。

目を丸くする俺に、学院長はニコッと笑む。

「一度言ってみたかった台詞がある——ここは任せて先に行け」

「恩に着ます！　今度、飯、奢りますんで！」

「ああ。ワインでも片手に、また紳士の嗜みについてじっくり語り合おうじゃないか」

男前な上司に笑みを返し、俺は駆けだした。

✡　✡　✡

どうして、こんなことになっちゃったんだろう?

先生の家を出たあと、ボクはふらふらと繁華街をさまよっていた。

繁華街は賑やかだ。談笑する三人組の女学生。イヤホンをつけて鼻歌を奏でる青年。仲睦まじく腕を絡めたカップル。

みんな楽しそうにしている。みんな明るい顔をしている。ボクだけが沈んでいる。

まるで異世界に迷い込んだみたいだと、詮無い感想を覚えた。

いつから、ボクの人生は狂ったんだろう?

優しいお母さんと、穏やかなお父さん。子どもの頃のボクには、悩みなんてひとつもなかった。

『蛇と梟』の活動を通し、多くの人々に貢献していたお母さんは、いろんなひとから尊敬され、感謝されていた。

『蛇と梟』のメンバーはボクのことを可愛がってくれて、学校には友達がたくさんいた。

きっと、ボクは毎日笑って過ごしていくんだろう。根拠もなく、ボクはそう信じて疑わなかった。

お母さんが逮捕されたのは、ボクが中学二年生のときだった。学校から帰ってきたボクが見たのは、涙を流してうずくまるお父さんだった。

ボクとお父さん、お母さんを尊敬してくれていたひとたちは、お母さんの無罪を主張した。

けど、お母さんが犯人だとする証拠が挙がるたび、ボクたちの味方は、ひとり、またひとりと減っていった。

残ったのは、ボクとお父さんだけだった。

『蛇と梟』が解体されて、メンバーはボクたちから離れていった。学校の友達に避けられるようになり、ボクは毎日ひとりで過ごした。

ひとりになっても、お父さんは一生懸命ボクを育ててくれた。穏やかな笑顔をボクに向けてくれた。

だけどボクは知っていた。お父さんが、毎晩ひとりで泣いてることを。

だから、ボクも笑うことにした。ボクを心配させないよう、無理して笑ってくれてるお父さんのように。ボクも、お父さんを心配させたくなかったから。

けど、偽りの笑みを浮かべるのは、むなしくて、切なくて……ボクはいつも、胸に穴が空いてるような気分だった。

魔女学に進学してからも、ボクはひとりだった。相変わらず、周りのひとたちはボクを避けた。腫れ物を扱うように。

ボクは笑顔を繕い続けた。明るい振りをし続けた。そうしないと、泣いてしまうから。

二年生になった。いつものように、ボクは笑顔を繕っていた。

そんなとき、先生に出会った。

先生はいきなりみんなに嫌われた。女の子が大好きで、リリス先生といかがわしい関係にある、女性だけの学院に現れた男性教師——気の毒だけど、これだけの要素が重なれば、嫌われても仕方ないと思う。

ボクもちょっとだけ警戒していた。でも、卓上に突っ伏してへこんでいる先生が心配になった。

「どうしたの、先生？　具合悪いの？」

いま思えば、ただの同情だったのかもしれない。ボクと同じく、ひとりになってしまった先生への。

話を聞いて、先生が悪いひとじゃないとわかった。ボクと同じで、理不尽に巻き込まれただけだった。

うっかり、自分が魔女の子だと明かしてしまったのは、先生の境遇がボクと似ていたからかもしれない。

打ち明けてから、しまった、と思った。魔女の子だと知られたら、先生はボクを避けるだろう。ボクから離れていった、みんなのように。

せっかく仲良くなれそうだったのに、また疎まれる。結局、ボクはひとりで過ごす定めなんだろう。そう思って、悲しくなった。

ボクの予想は裏切られた——最高のかたちで。

「きみはどこもおかしくない。とてもステキな女の子だよ」

ボクは恋に落ちた。落ちるほかになかった。

先生は、いつもボクに笑顔を向けてくれた。喜ばせてくれた。褒めてくれた。——好きになってくれた。

いつの間にか、ボクの笑顔は偽物じゃなくなっていた。胸の穴は塞がっていた。

千夜ちゃんと円香ちゃんとも友達になって、ボクは心から笑えるようになっていた。

今度こそ、ボクは毎日、笑って過ごしていけるんだろう。

「そう、思ってたのにな……」

向きを変え、ボクは繁華街の裏路地に入る。賑やかさが遠ざかり、静けさと暗闇が広がっていく。きっともう、ボクは明るい場所に戻れないだろう。

どうして、こんなことになっちゃったんだろう？

どうして、魔女学のみんなを巻き込んじゃったんだろう？

どうして、先生たちを疑わせちゃったんだろう？

どうして、ボクは平穏に暮らせないんだろう？

どうして、ボクはひとりにならないといけないんだろう？

誰も傷つけたくない。誰も疑わせたくない。誰とも離れたくない。

なのに、どうしてですか？

どうして、こんなにひどいことをするんですか？

どうして、こんなにツラい思いをしないといけないんですか？

ボクが生きてるのは、そんなにもいけないことなんですか？

「神様。ボクは、あなたが憎いです」

足下に影が差し、ボクは足を止めた。

「いけないねぇ、お嬢ちゃん？　誰もいない場所に、あなたみたいに可愛い子が迷い込んだら、魔女にさらわれちゃうわよぉ？」

面白がるような猫撫で声がした。『蛇と梟』の魔女が、ボクの頭上に浮かんでいる。

待っていた。『蛇と梟』が接触してくる、このときを。

待っていた。すべてを終わらせる、このときを。

「――いいよ」

「うん？」

魔女が訝しむ。

「さらっても、いいよ」

「……自分の言葉の意味、わかってる？」

わかってる。もう、ボクは戻れない。戻らない。

終わらせるんだ。ボクの所為で起きてしまったんだから。ボクが巻き込んでしまったんだから。

だから、ボクが終わらせるんだ。

「ボクは殺されてもいい！　ティアマトも渡します！　だから……お願いだから！　魔女学のみんなに手を出さないで!!　先生たちを巻き込まないでっ!!」

魔女が黙り込んだ。眉をひそめ、腕を組む。

「……さて、どうしたものかねぇ？」

魔女が嘆息する。

そのときだった。

「レイアァアアアアッ!!」

声がした。

誰のものより好きな声。

ずっと側で聞いていたかった声。

もう聞くことはないはずだった声。

一番聞きたくて、一番聞きたくなかった、先生の声がした。

✡　✡　✡

ひたすら走り回り、駆けずり回り、捜し回り、ようやく見つけたレイアは、戸惑いに瞳を揺らしていた。

レイアの前には、箒にまたがった女がいる。赤と黒のローブに三角帽子。『蛇と梟』の魔女だ。

なにかが切れる音がした。

「レイアに手ぇ出してんじゃねぇぇぇぇぇぇぇぇぇぇぇぇぇぇぇぇぇぇぇぇっ!!」

荒々しくアスファルトを踏みつけ、俺は呪文を唱える。

『汝を眠りより覚ます！　我が敵を打ち倒さんために!!』

アスファルトが黒く染まり、イソギンチャクの触手のように、影色の腕が大量に湧き出てきた。土地に宿る霊を呼び覚まし、相手を襲わせる黒魔術『大地の怨霊』だ。

夥しい数の、影色の腕が、生者を羨む亡者の如く、一斉に魔女につかみかかる。

「厄介なやつが来たねぇ、まったく！」

舌打ちして、影色の腕から逃れるべく、魔女は高度を上げた。

巨大な扉が空に現れる。

「端から切り札を使わせてもらうよぉ、ジョゼフ・グランディエ!!」

軋みを上げて扉が開き、大玉転がしの玉ほど大きい肉塊が、落下してきた。

肉塊が俺と魔女を隔てるように、ベチャリとアスファルトに落ちる。直後、肉塊の一部が盛り上がり、ボコンッ！　と腕が生えた。

変化は止まらない。泡が立っては弾けるように、ボコボコボコボコと、何本もの腕が肉塊から生えてくる。

同時に肉塊は体積を増し、天に向かって膨れ上がり、二本の脚で立つ巨人となって、

『『『『『『『『『オオォォオオォォォオオオオォォォオオオオッ!!』』』』』』』』』

体中にある無数の頭が、咆哮を響かせた。

一〇階建てのビルを優に超えるであろうこの巨人は、ギリシア神話に登場する『ヘカトンケイル』。一〇〇の腕と、五〇の頭を持つ悪魔だ。

「ひねり潰しな、ヘカトンケイル!!」

ヘカトンケイルが、腰元から生えた八本の腕を引き絞り、俺目がけて放った。ひとつひとつがトラックよりも巨大な手のひらが、俺の視界を覆い尽くす。

俺は右手の人差し指と中指をそろえ、迫る手のひらへ向けた。

「邪魔だ!!」

闇色に染まる指先。発射される漆黒の弾丸。魔弾の二点バースト。

撃ち出された魔弾が二手に分かれ、それぞれが手のひらの中央を穿った。

五指が吹き飛び、手のひらがふたつ爆散する。

「…………は?」

魔女が呆然と呟くなか、魔弾は勢いを止めず、残りの手のひらを貫いた。

それでも止まらない。五〇ある頭のうちのひとつを弾き、その真横にあった頭に穴を開

け、方向転換するついでに頭をひとつ破裂させ、ふたつの頭を団子のように射貫く。

五〇あった頭は、三秒と経たずにすべて潰され、ヘカトンケイルは黒い粒子となって消滅した。

「いまは手加減できる自信がない」

絶句する魔女を、猛禽よりも鋭い目で睨み付ける。

「死にたくねぇなら、とっとと失せろ!!」

「ひぃっ!!」

血相を変え、脇目も振らずに魔女が逃げ出した。

遠ざかっていく魔女に一切目を向けず、俺はレイアに駆け寄る。

「無事か、レイア!!」

俺は肩に手を伸ばし——その手がレイアに弾かれた。

「レイ、ア?」

「どうして……どうして、来ちゃったの?」

呆然とする俺に、レイアが悲痛そうな顔をする。痛くて、苦しくて、切なくて、ひどくさみしそうな顔だった。

「ボクがいたら、みんなに迷惑がかかるの。ボクがいるから、魔女学のみんなを巻き込んじゃったの。ボクの所為で、誰かが傷ついちゃうかもしれない。ボクの所為で、誰かが命を落としちゃうかもしれない」

スカイブルーの瞳から、大粒の涙がこぼれた。

「もうイヤなの！　ボクの所為で苦しむひとなんていたらダメなの！　不幸なのはボクだけでいいの！　だから、投降しようと思ったのに……」

衝撃的な告白に、俺は瞠目する。

「どうして来ちゃったの、先生!?　ボクは終わらせようと思ったのに!!　ボクはもう諦めたのに!!」

ボクは──

「ボクは、先生と結ばれる資格なんて持ってないのにっ!!　ボクなんて、死んだほうがいいのに……っ!!」

身を切るようなレイアの吐露。

絞り出されたレイアの叫びを聞いて、真っ先に俺のなかに生まれたのは──

途方もない、怒りだった。

「――ふざけんじゃねぇぞ」

奥歯を噛みしめる音に、レイアがビクリと肩を震えさせる。

「……怒ってる、の？」

「当たり前だろ」

許さない。許してたまるものか。

「自分は死んだほうがいいなんて、許せるはずねぇだろ。自分が死んで解決しようなんて考え、許せるはずねぇだろ」

なにより、

「レイアにここまで思い詰めさせちまった俺を！　許せるはずねぇだろうがっ!!」

再び手を伸ばし、レイアの肩をつかんだ。

「俺は言っただろ！　レイアがいない日々なんて考えられねぇって!!　世界中の誰もが敵になっても、いつまでもレイアの味方だって言っただろうが!!」

「で、でも、ボクがいるとみんなが不幸になるんだよ⁉　ボクの所為で誰かが死んじゃうかもしれないんだよ⁉」

「させねぇよ!!」

涙に濡れたレイアの瞳が見開かれる。

「誰も不幸にさせねぇ!!　誰も死なせねぇ!!　千夜も！　円香も！　リリスも！　魔女学のみんなも！　レイア、きみもだ!!」

「ボク……も？」

「不幸なのは自分だけでいい？　いいわけねぇだろ！　もう諦めた？　誰が諦めさせるか！　俺と結ばれる資格なんてない？　勝手に決めつけんな!!」

レイアの体を引き寄せ、抱きしめた。強引に、傲慢に、決して離さないと伝えるように。

「いいか、レイア。誰にも口出しさせねぇ、レイアは俺の恋人だ。俺たちの仲を引き裂くやつがいたら、誰だろうが容赦しねぇ。魔女だろうが、悪魔だろうが、不幸だろうが、運命だろうが――神様だろうが、ねじ伏せてやる」

腕のなかのレイアが息をのんだ。

「異論は許さん。レイア、俺の側にいろ。ずっといろ。俺はきみをひとりにさせない。絶対にだ」

「……不幸にしちゃうよ？」

か細い声で、レイアが尋ねてくる。

「迷惑かけちゃうよ？　巻き込んじゃうよ？　それでも、いいの？」

「いいよ」

「先生の側にいていいの？」

「いいよ」

「先生を好きでいいの⁉」

「いいに決まってるだろ」

俺はそのすべてを受け入れる。

俺の背中に、儚(はかな)いほど細い腕が回された。

縋(すが)るように抱きつきながら、レイアが泣きじゃくる。

「ボク、先生の側にいたい！　ずっとずっと側にいたい！　先生と幸せになりたい‼」

「任せろ、必ず幸せにしてやる。だから、自分は死んだほうがいいなんて悲しいこと、もう二度と口にするな」

泣きじゃくるレイアを、俺は抱きしめ続けた。

温(ぬく)もりを伝えるように、いつまでも抱きしめ続けた。

✡　✡　✡

夜になり、俺は自室でレイアを待っていた。

レイアの側にいると誓った。レイアの恋人でいると誓った。レイアを幸せにすると誓った。だから、誓いを行為で示す。

俺はレイアを従者にする。レイアと契り、俺のものにするんだ。

ベッドに腰掛けて待っていると、控えめにドアがノックされた。俺の鼓動が速まる。

「せ、先生？　入っていい？」

「あ、ああ、いいぞ」

ドアが開き、レイアが姿を見せた。

俺は息をのむ。

レイアが身につけていたのは、上下の下着だけだった。水色のシースルーランジェリー。デートの際、レイアが選んだものだ。

桜色に染まった白肌。

しなやかな四肢。

儚いほど細い体躯。

月光に煌めく、ゴールデンブロンドの髪は、ウェディングベールのよう。

水色の薄衣をまとった、あどけないレイアの姿は、水辺で戯れる妖精のようだった。

「ど、どうかな？　変じゃ、ない？」

言葉もなく見とれていると、レイアが眉を下げた。

レイアは自分の容姿にコンプレックスを持っている。俺が反応を示さないことで、不安になったんだろう。

庇護欲をかき立てるレイアの様子に、俺の血流が昂ぶる。《好色》の血が活性化し、俺の髪が金色に染まった。

紫色の魔力を溢れさせながら、俺はベッドから立ち上がる。

「似合っているよ、レイア」

「ほ、本当？」

「本当さ。いまの俺を見ればわかるだろう？　レイアが魅力的すぎて、人格が変容してしまったよ」

「先生……嬉しい」

レイアが幸せそうに目を細めた。

俺は両腕を広げる。

「おいで、レイア。きみが自分の魅力を信じられるまで、たっぷりと愛してあげるよ」

「先生っ」

レイアが俺の胸に飛び込んできた。レイアを受け止め、俺は頬に手を添える。

「好きだよ、レイア」

「うん……ボクも先生が好き。大好き」

俺とレイアは見つめ合い――唇を重ねた。

レイアの唇はゼリーのようにみずみずしく、プルッとしていた。

チュッ、チュッ、と何度か音を立て、唇を離す。レイアがうっとりと吐息して、はにかんだ。

「キスって、こんなに幸せな気持ちになるんだね」

「俺も幸せだよ、レイア。次は大人のキスを教えてあげよう」

「うん。教えて、先生」

再びキスをして、俺は舌先でレイアの唇をなぞる。ピクンと震えながらも、レイアは従順に唇を開いた。

口内に舌を差し入れ、レイアの舌先を撫でる。

「ん……♥」

はじめてのディープキスにもかかわらず、レイアは率先して俺と舌を絡めた。

味蕾と味蕾をこすり合わせ、俺とレイアはそれぞれの味を確かめ合う。ハチミツのように甘いレイアの味に、俺は酔いしれた。

舌と舌を絡め、時に歯の裏をなぞり、上顎をくすぐり、頬を舐める。俺とレイアはキスという名のダンスを踊った。

存分に互いの口内を愛し、唾液をすすり、俺たちは唇を離す。ふたりのあいだに唾液の橋が架かった。

「大人のキス、スゴいよぉ……ボク、トロトロに蕩けちゃう」

言葉通り、レイアの瞳は潤み、体は弛緩し、夢うつつな顔をしている。

睦み合いに早くも夢中になっているレイアが愛おしくて、金の艶髪を撫でながら俺は微笑んだ。

「蕩けるのはまだ早いよ、レイア。これからが本番なんだから」

チュッと額に口づけして、俺はレイアをベッドに導く。

「あ……せ、先生、お願いがあるんだけど、いい？」

「言ってごらん？」

「抱きしめながらシてほしいの。先生のものになったんだって、感じたい」

可愛らしいお願いに口元を緩め、俺はレイアを抱き上げた。

「仰せのままに、お姫様」

お姫様抱っこされたレイアが、「あっ♥」と頬を赤らめる。

俺はベッドに腰掛け、レイアをそっと膝の上に乗せ、後ろからハグした。

「これでいいかい？」

「うん……♥」

耳元で囁くと、レイアの小さな手が俺の手に重ねられた。

レイアが振り返り、物欲しげな瞳で見つめてくる。

「先生、いっぱい気持ちよくして？」

「もちろんだよ。レイアも、可愛いところをいっぱい見せて？」

三度、互いに口づけて、俺はレイアの左胸に手を伸ばし、撫でるように優しく揉みはじめた。

「ふあぁあああっ♥」

唇と唇のあいだから、甘ったるい嬌声が漏れる。

レイアの胸はなだらかだが、女の子特有の柔らかさに富んでいた。ランジェリーの生地のさらさら感と、レイアの胸のフニフニ感を、俺は同時に楽しむ。

「ん、ふぅっ！　あんっ♥　はぅんっ♥」

『小さな胸は感度がいい』とよく聞くが、確かにレイアは敏感だった。俺の指が動くたび、ピクンピクンと身じろぎして、愛らしい音色を奏でる。

下着の上からでこれだけ感じるなら、直に触れたらどうなるかな？

イタズラ心が芽生え、俺は右手でブラジャーのホックを外す。

「あ……っ♥」

はらりとブラジャーが落ち、ベビーピンクの蕾が現れる。小豆より小さな突起は、期待と快楽で尖りきっていた。

「キレイだよ、レイア」

「せんせぇ……」

「さあ、もっと乱れて？」

露わになった丘陵をフェザータッチ。レイアの息遣いが荒くなり、柑橘みたいなレイアの匂いが濃くなっていく。

敏感な反応に心躍らせつつ、俺は人差し指と中指で、桃色の蕾を挟んだ。

「ひんっ♥！」

レイアの体が仰け反る。

蕾を挟んだまま、俺は円を描くように丘陵を揉み込んだ。時折、キュッと蕾を刺激するのも忘れない。

「ひんっ♥！　んあっ！　ふあぁぁ……んきゅううううううっ♥！」

与えられる快楽にレイアは体をくねらせ、蕾を刺激されるたびにおとがいを逸らす。

それでもキスには応える。悦楽の波に翻弄されながら、口端からヨダレを垂らしながら、レイアはチロチロと俺の舌を舐め続けた。

レイアの健気さがたまらなく愛おしい。右の胸も愛撫しようと、レイアの腹に回していた右手を動かしたとき、

「ひあぁあぁあっ♥!?」

いままでで一番の反応をレイアが見せた。腰が浮かび、ガクガクと震える。

なるほど、ここがレイアの弱点か。

クスッと笑みを漏らし、左胸をこねながら、快楽を増幅させる魔力を右手に集中させてレイアの腹を撫でる。

「ひうぅぅううんっ♥!! せ、せんせぇっ! そこ、スゴいよぉ!」

レイアの腹が痙攣する。レイアの吐息が性感帯への刺激で荒くなり、鼻にかかった喘ぎ声が上がった。

「もっとぉ……もっとシてぇ♥」

「いいよ、もっとシてあげる。頭が真っ白になるくらいいね」

レイアの腹をなで回しながら、左の胸から左手を離し、下へと滑らせる。

「せ、せんせぇ！　そこは……っ！」

「ここも一緒に愛してあげるよ」

慌てるレイアの耳を甘噛みして、ショーツのクロッチに指を這わせた。

「ひゃうぅぅうううううううううっ♥!!」

細い脚が跳ね上がる。レイアのショーツは、花弁から溢れた蜜でぐっしょりと濡れていた。

音が立つように、俺はわざと激しく指を動かす。いやらしい水音と、ベッドの軋む音が、室内に広がる。

「ひうぅぅ……っ♥　そ、そんなに音立てたら……はぅっ♥！　は、恥ずかしいぃ……」

「俺は恥ずかしがるレイアが見たいんだよ。たまらなく可愛いからね」

「せんせぇ、ズルいぃ……そんな嬉しいこと言われたら、拒めないよぉ」

レイアの肌は快感と羞恥で真っ赤に染まっていた。吐息は熱く、瞳は潤み、喘ぎ声は甘い。

優しく腹を撫でながら、ますます激しくクロッチをこする。水音はさらに大きくなり、レイアはひっきりなしに体を跳ねさせた。

レイアの限界が近づいている。

悟った俺は、レイアのへそに中指を埋め込んだ。

「はひぃっ♥!!」

レイアが仰け反り、目をまん丸に開く。

「さあ、天国に連れていってあげよう」

グリグリとへそを弄りながら、俺はクロッチの上部——快楽神経が集合した、女の真珠をキュッとつまんだ。

「ふやぁあああああああああああああああああああっ♥♥!!」

性感に突き上げられ、レイアが達する。

舌をピンと伸ばし、レイアが体を硬直させた。壊れるかと思うほど、細い肢体がガクガクと震える。

やがて体から力が抜け、クタリとレイアが俺に体を預けた。

ピクン、ピクン、と残滓のような痙攣をしながら、だらしないほど緩んだ顔で俺を見つめるレイアは、どこまでも美しく、艶めかしかった。

「気持ちよかったかい、レイア?」

「うん……頭のなかがフワフワして、赤ちゃんのお部屋がキュンキュンして、怖いくらい気持ちよかったよぉ♥」

「素直で可愛いね、レイア。――ほら、見てごらん？」

レイアの頭を撫でながら、俺は指さす。

「ふぁ？」とレイアが俺の人差し指を追った。悦楽に揺れていた瞳の焦点が、ゆっくりと定まっていく。

「あ……あぁ……っ♥」

俺の指し示したものを確認して、レイアが目を見開いた。

そこにあるのは姿見。姿見に映るのは、絶頂直後のレイアの姿。

幼げな顔立ちは艶めかしく蕩け、肌は快楽に赤く染まり、両胸の蕾は浅ましく尖り、愛蜜で濡れたクロッチは、女の花弁を透けさせている。

ブルッとレイアが身震いした。

「ボク……こんなに、エッチだったんだぁ♥」

「そうだよ。エッチでキレイで可愛い、最高の恋人だ」

「せんせぇ♥」

「レイアが魅力的すぎて俺も限界だよ。いますぐ、レイアとひとつになりたい」

耳元で囁くと、「ふぁぁぁ……っ♥」と甘い吐息が漏れる。

「レイアをもらう。俺のものにする。いいね？」

「うん。シて、せんせぇ♥」

うっとりした声でお願いしてきたレイアに、俺は何度目かもわからないキスをした。

ショーツを脱がすと、蜜をまとった秘裂が現れた。鏡越しのレイアが、トロトロな笑みを浮かべる。

生まれたままの姿になったレイアを正対させて、俺たちは見つめ合った。

「せんせぇ……キスしたい」

「ああ。キスしながら、シよう」

どちらからともなく唇を重ね――俺とレイアはつながった。

✡　✡　✡

「体は大丈夫か、レイア？」

「うん、大丈夫だよ。先生、優しくシてくれたから」

最後まで愛し合ったのち、俺とレイアは裸のままベッドで抱き合っていた。

俺を見つめるレイアの笑顔は、いつもより艶めいて映る。乙女から女になったからだろうか？

「ちょっとツラかったけど、嬉しかった。ボクのちっちゃな体でも、先生を受け入れられたから」

心の底から幸せそうなレイアに、俺の胸が高鳴る。どうしようもなく可愛い。どうしようもなく愛おしい。

健気さに悶えていると、レイアが俺の胸に頬をくっつけた。

「ねえ、先生？　きっとボク、先生がいないと生きていけないよ。きっとボク、先生に依存しちゃうよ。きっとボク、重い女だよ。それでもいいの？　ボクが恋人でいいの？」

「当たり前だろ」

レイアを抱く腕に力を込める。

「一生側にいてくれ。イヤだって言っても離さないからな」

「ふふっ、強引なんだね」

人懐こい仔犬のように、レイアが頬ずりしてくる。

「ああ。なにしろ俺は、魔帝を継ぐ男だからな」

俺とレイアは笑い合い、唇を重ねた。

第五章　魔女学VS.魔女結社

ついに襲撃を予告された日がきた。

二年E組ではいつも通り俺が授業を行っているが、生徒たちはまったく集中できていない。

仕方ないだろう。時刻は九時五七分。あとわずかで『蛇と梟』がやってくるのだから。

一様に不安そうな生徒たちに向けて授業を続けながら、俺は頭の片隅で振り返った。

念には念を入れてある。やれるだけのことはやった。問題ない。

時計の針が一〇時を示した。窓際の席の生徒たちが悲鳴を上げる。

「魔女が現れました！」

「あ、あんなにたくさん……！」

見ると、北城魔術女学院を取り囲むように、箒にまたがった魔女たちが飛び交っていた。

赤と黒のローブと三角帽子の魔女は、少なくとも一〇〇は下らない。

『蛇と梟』を迎え撃つアグネスは、エクソシストの制服姿で校庭の中央に堂々と立っている。天使召喚でミカエルを喚び出すためにだ。

ミカエルの召喚で片がつけばいいんだが……。

「――大いなる存在が訪れます」

教室内に厳かな声が広がった。ざわついていた生徒たちが静まる。

声の主を確かめ、俺は唖然とした。

「円香？」

円香が立ち上がり、ぼんやりと虚空を眺めている。琥珀色の瞳が、青白い明かりを宿していた。

一体どうした？　円香の身になにが起きている？

「『霊視』です、先生。円香は優秀な巫女なんです」

俺が戸惑っていると、円香の隣に座っている千夜が知らせた。

未来や、隠された存在・情報など、常人には知り得ないものを知覚する能力を『霊視』と呼ぶ。円香には、俺たちでは見えない《なにか》が見えているらしい。

「大いなる存在ってのはなんだ、円香？　魔女が契約している悪魔か？」

「いえ」

いつものおどおどした態度が嘘のように、円香が静かながらも芯の通った声で答えた。

「悪魔をも超える偉大な存在。その名は――」

✡　✡　✡

空を飛び交う魔女たちを、わたしは鋭い眼差しで見据える。

「来たか」

「もちろん来たわよ、アグネス。約束は守らないと失礼でしょう？」

視線の先で、『蛇と梟』の首領：メアリ・ハプスブルクが笑みを漏らした。

「いい天気ねぇ。どんより曇って、薄気味悪くて、あなたたちが死ぬには最適じゃないかしら？」

「いいえ。わたしたちは死なない」

三日月のように口を裂くメアリ・ハプスブルクに、わたしは言い放つ。

「日本には、『飛んで火に入る夏の虫』ということわざがあるらしい――罠にかかってくれて感謝する」

わたしは腰のポーチから鏡を取り出し、地面を映した。途端、隠されていた魔法陣が現れる。東西南北の四つに区切られた、直径二〇メートルの円だ。

区切られた四箇所はそれぞれが染料で色づけされ、ヘブライ文字で天使の名が記されていた。

黄色く染められた東側には《ラファエル》、青く染められた西側には《ガブリエル》、赤く染められた南側には《ミカエル》、緑色に染められた北側には《ウリエル》。

区切られた四箇所には、魔法陣とともに姿を隠していた、魔術庁職員が一名ずつ立っている。

「ふぅん……不可視の魔術を用いてたのね」

メアリ・ハプスブルクが感心したように呟くなか、わたしたちは天使召喚の儀式をはじめた。

『我が前にラファエル！』

東側に立っている魔術庁職員が唱える。

『我が前にミカエル！』

南側に立っている魔術庁職員が唱える。

『我が前にガブリエル！』

西側に立っている魔術庁職員が唱える。

『我が前にウリエル！』

北側に立っている魔術庁職員が唱える。

東側が黄色く光り、南側が赤く光り、西側が青く光り、北側が緑色に光った。

魔法陣が四色の光を放つなか、最後にわたしが唱える。

『神に似し者よ、最高指揮官よ、我は汝の助けを求める！』

四色の光が天まで届く柱となり、そのなかに三メートルほどの人影が現れた。

右手に光り輝く剣、左手には正義の象徴たる天秤。

その体は神々しく煌めき、身にまとうのは黄金の鎧。背中には、クジャクの尾羽に似た翼を生やしている。

四大元素のひとつ《火》を司る天使、ミカエル。天使の軍勢『エンジェルス』を率いる大天使で、勇猛果敢にして数々の大悪魔を屠ってきた、天界の大将軍だ。

『OOOOOOOOOOOOOOOOOHHHH!!』

ミカエルが雄々しくも美々しい声を響かせて、輝く剣の切っ先をメアリ・ハプスブルクに向ける。

「恐れるならば投降を勧める。争うならば容赦はしない」

向けられた切っ先を、メアリ・ハプスブルクが無言で見つめ、

「……ふっ、くくっ、あはははははははははははははははははっ!!」

狂ったように哄笑をはじめた。

魔術庁職員たちが、不気味なものを目の当たりにしたように後退る。

わたしにも、メアリ・ハプスブルクの内心がつかめなかった。

天敵である天使に悪魔は敵わない。この場にいる魔女全員が使い魔を喚び出そうと、ミカエルはすべてを打ち倒すだろう。

『蛇と梟』には万に一つの勝機もない。では、なぜメアリ・ハプスブルクは笑っている?

「なにがおかしいのだろうか?」

「おかしくもなるわぁ！　なにもかも思い通りにいったもの！」

「思い通り?」と訝しむわたしに、目尻の涙を拭ったメアリ・ハプスブルクが、口端をつり上げる。

「日本には、『策士策におぼれる』ってことわざがあるのよ――罠にかかってくれて感謝するわぁ」

バサァ、と、鳳が羽ばたくような音がした。

純白の羽が、雪の如く降ってくる。

わたしは空を仰ぎ――目を剥いた。

「『オファニエル』……だと!?」

ミカエルの頭上、太陽を遮る、分厚い雲の真下に、異形がある。

全身から生える四〇〇枚の翼、顔の数は一六、目の数は八〇〇〇以上。

北城魔術女学院の上空を覆い尽くすほどの巨躯。その名は『オファニエル』。月と夜を支配する天使だ。

「どういうことだ⁉　なぜ、魔女が天使を従えている⁉」

「知らなくていいでしょう？　あなたはこれから死ぬんだから」

酷薄に言って、メアリ・ハプスブルクが命じた。

「夜をもたらしなさい、オファニエル！」

四〇〇枚の翼が一斉にはためき、夥しい数の羽が舞い散る。

宙を舞う羽から仄暗い陽炎が立ち上り、点と点を結ぶように、羽と羽が線でつながった。

羽と線は籠のように北城魔術女学院を覆い、空間から光量が失われていく。曇り空は瞬く間に、星のない夜空のように暗くなった。

同時、ミカエルの放つ輝きが、目に見えて減衰する。

「ミカエル⁉」

「味方側の《闇の住人》の力を増幅させ、相手側の《光の住人》の力を減衰させる『夜の結界』。この結界内では、あたしたち『蛇と梟』の悪魔は力を増し、エクソシストや天使の力は減少する。形勢逆転ねぇ」

歯噛みするわたしを、メアリ・ハプスブルクが見下す。

「小狡い教会は、あたしたちが襲撃予告をすれば、返り討ちにしようと考えるでしょう。けどねぇ？　それって逆に言えば、教会の動きをあたしたちが操作できるってことなのよ」

わかる？

「教会が魔女学の生徒たちを囮にするのも、あなたたちが天使を召喚するのも、あたしたちには読めていたの。いまの状況は、あたしたちが意図的に作ったのよ」

「罠に嵌められたのは、こちら側か……!!」

「そういうこと。己の鈍感さと、教会の愚図さに気づけなかった――それがあなたの敗因よぉ」

メアリ・ハプスブルクが指を鳴らした。

「むごたらしく殺してあげる」

わたしの前方に、汚泥の如きシミが広がる。『血染めの交差点事件』と同じ現象。ガルム出現の予兆だ。

現れるであろうガルムを警戒し、わたしと魔術庁職員たちは身構える。

事態はわたしたちの想像のさらに上をいった。

シミが広がり続け、『血染めの交差点事件』のときより遥かに大きくなり、校庭を染め上げ――ずるりと、三つの頭が湧き出てきた。

わたしたちは絶句する。

硬直するわたしたちの前で、その悪魔はせり上がり、小山ほどもある巨躯を顕現させて、

『『『WWOOOOOOOOOOOOOOOOOOOONNN!!』』』

青銅器をこすり合わせたような、おどろおどろしい咆哮を轟かせた。

闇よりも黒い毛皮。燃えるように赤い双眸。黒曜石のように黒く、短剣のように鋭い牙。尻尾は蛇になっており、その口から垂れた毒液で、アスファルトが、ジュッ、と溶けた。

わたしの、魔術庁職員たちの、魔女学の生徒たちのスマホが、桁外れの魔力を感知して警報を鳴らす。けたたましい警報が響くなか、わたしの頬を汗が伝った。

「地獄の番犬……『ケルベロス』!!」

ギリシア神話に登場する怪狼『ケルベロス』。三つの頭を持ち、尻尾は毒蛇。数々の怪物を生み出した『エキドナ』と、ギリシア神話最強の巨神『テュポーン』を親に持つ、最上級クラスの悪魔だ。

「ヘカテーは《犠牲》を欲する女神でね？　人間を生け贄にして地獄界の住人を喚び出す能力を持っているのよ。簡単に言えば、悪魔召喚による虐殺能力ね。

喚び出せる悪魔の質と数は、生け贄の質と数に比例する。今回の生け贄は、魔女学の生徒と教員、魔術庁職員、そしてアグネス、あなたよ。想像通りに教会が動いてくれて助かったわぁ。おかげでケルベロスを喚び出せたのだから」

「襲撃予告をしたのは、ケルベロスを召喚する条件を満たすため。すべて、あなたの手のひらの上だったということか……!!」

メアリ・ハプスブルクがクスクスと笑みを漏らした。

「あなたたちはまんまと騙されてくれたわぁ。池垣って男を襲ったのがレイアだと勘違いしてくれたし、あたしたちの真の標的にも気づかないでいてくれたしね」

「なに?」と、わたしは顔をしかめる。

メアリ・ハプスブルクがわたしを指さし、目を細めた。

「あたしたちの標的はレイアじゃない。あなたよ、アグネス」

わたしは瞠目した。

「『血染めの交差点事件』ではエクソシストが重体に陥った。教会は無駄にプライドが高いから、当然、根に持っていたことでしょう。そこで、同様の手口の犯行を行ったらどうなるかしら?」

「……自らの手で犯人を裁くため、教会がエクソシストを派遣する」

「そうそう。じゃあ、憎き『血染めの交差点事件』の真犯人――つまりあたしが、魔女学を襲撃すると予告したら、教会はどんな対応をとるかしら？」

「……返り討ちにするため、罠を張る」

「よくわかってるじゃない！　賢いわよぉ、アグネス！」

嘲るようなオーバーリアクションに、わたしは悔しくて拳を振るわせる。

「ティアマトはついでに手に入ればいいと考えてたわぁ。本当の目的は、あなたを殺すことよ」

「わたしに恨みがあるのだろうか？」

「あるわねぇ」

メアリ・ハプスブルクの瞳が、ぞっとするほど冷たくなった。

「エクソシストである――それだけで、あなたを恨むには充分よ」

メアリ・ハプスブルクが、ス、と右手を挙げる。

「さあ、はじめましょうか。すぐに終わるでしょうけど」

挙げられた手が下ろされ、ケルベロスが開戦の雄叫びを上げた。

罠に嵌められた現状、不利なのはこちら側だ。相手のペースに合わせていたら負ける。

強引にでも攻め込まなければならない。

そう判断したわたしは、ミカエルに指示を出した。

「ミカエル！　エンジェルスを！」

ミカエルが剣を掲げ、その周囲に無数の光が発生する。光はやがてかたちを成し、有翼人のようなフォルムになった。

ミカエルが指揮する、天使軍団エンジェルス。一体一体が光エネルギーで形成された、超常生命体だ。

ミカエルが剣先をケルベロスに向け号令とすると、エンジェルスは光球となって飛び出した。

無数の光球が、闇空に軌跡を描く。

迫りくるエンジェルスに対し、ケルベロスは三つの顎を開け、ナイフの如き牙を見せつけた。

三つの口腔が紅に染まる。紅は溢れ出し、渦巻き、凝縮されて、

『『『GOOOOOOOOOOOOOOOHHHH!!』』』

灼熱の奔流となって吐き出された。

三つの奔流は、交じり合い、一体化し、勢いを増し、魔神の手のひらのように、エンジェルスをまとめて握りつぶす。

本来、ケルベロスはミカエルに敵わない。だが、いまの一合から察するに、ケルベロスの力はミカエルのそれを上回っている。

『夜の結界』の効果か……想像以上に厄介だ。真っ向勝負は無謀。

ならば――

「もう一度だ、ミカエル！」

再度、エンジェルスによる特攻を指示。先ほどと同じく、ケルベロスが灼熱のブレスで迎撃する。

同時、わたしはミカエルを左に迂回させた。

ケルベロスのブレスは高威力にして広範囲。驚異的な攻撃だ。

だが、効果範囲の広さは仇にもなる。ブレスを放った直後、ケルベロスの視界は紅で埋め尽くされるため、相手の動きを確認できない。

つまり、側面攻撃のチャンス！

ケルベロスの右側面に回ったミカエルが、輝く剣を大上段に振りかぶった。輝きが増し、剣身から金色の炎が吹き出す。

「行け！」

ミカエルが炎をまとった剣を振り下ろした。狙いはケルベロスの右の頭。

この一撃で、ケルベロスの戦力を削ぐ！

剣閃が走る——直前、ミカエルの右腕が光の矢に貫かれた。

『OOOOOOOOOOOOOOHHH……!!』

ミカエルが苦悶し、炎の剣が右手からこぼれ落ちる。

「なっ⁉」

「忘れてもらっては困るわぁ。あたしだっているのよ？」

絶句するわたしに、メアリ・ハプスブルクが楽しげに声をかけてきた。メアリ・ハプスブルクの手には、銀の光をまとう弓が握られている。

「『三面の女神』ヘカテーは、狩猟の女神アルテミスと同質の存在。知ってる？　アルテミスは弓の名手で、オリオン座で有名なオリオンを射殺したのよ？」

「ミカエルの側面攻撃を読んでいたのか！」

「あなたの浅はかな考えくらいお見通しよ」

作戦を見破られ、わたしは歯を軋らせた。

「アンドレーエさんを援護しろ！」

わたしの劣勢を悟り、魔術庁職員たちが、応援のために手印を結ぶ。

「黙らせなさい」

『『『『『サータン・サータン・オムシグ・デニルス・サータン・サータン！』』』』』

メアリ・ハプスブルクの指示を受け、空を飛び交う魔女たちが、魔術庁職員たちにカヴンの魔符を一斉射撃した。

圧倒的な数の暴力。為す術はない。

青紫の火球に肉体と精神を焼かれ、魔術庁職員たちが倒れる。

『『『GAAAAAAAAAAAAAAHHHH!!』』』

武器を失ったミカエルに、ケルベロスの右の頭が嚙みついた。

脇腹に牙を立てられながら、それでもミカエルは、抗おうともがく。

抵抗は無意味に終わった。

左と中央の頭がブレスを放ち、灼熱にのみ込まれたミカエルが、塵一つ残さずに消滅する。

「おしまいよ」

言葉を失うわたしに、銀の弓に矢をつがえながら、メアリ・ハプスブルクが宣告する。

「さみしがらなくても大丈夫。すぐに魔女学の生徒たちも送ってあげるから」

怖いほど穏やかな声色で、メアリ・ハプスブルクが囁いた。

弦が鳴り、矢が射られる。

迫る光の矢に、死を覚悟したわたしは身を強張らせた。

「させるかよ」

刹那、黒い彗星が走った。

黒い彗星が、光の矢を弾き飛ばす。

「誰一人として死なせない。レイアと約束したからな」

物部千夜、茅原レイア、リリス先生を引き連れ、教員用のコートを翻し、コツコツと紳士靴で校庭を鳴らしながら、彼が不敵な笑みを浮かべた。

メアリ・ハプスブルクが嘆息する。

「やっぱり、あなたは邪魔だわ、ジョゼフ」

✡　✡　✡

魔弾で光の矢を弾き、俺はアグネスを庇って立つ。

「……あなたが助けてくれるとは思わなかった」

背後のアグネスが、気持ち落ち込んだ声で尋ねてきた。

「わたしはあなたを疑った。あなたの恋人である茅原レイアを疑った。あなたはわたしを快く思っていないはずだ。なぜ助けたのだろうか？」

「確かに、アグネスを面倒だと思ったことはある」

アグネスが肩を落とす気配がする。

「だが」と俺は続けた。

「アグネスはあくまで、真面目に任務に取り組んでいただけだ。俺たちに悪意を持っていたわけじゃないだろ」

それに、

「俺は教え子を見捨てない。いまのアグネスは、俺の大切な教え子だ。だから守る。ほかに理由がいるか？」

「い、いいえ……感謝する、先生」

アグネスの返事は、少しだけ上擦っていた。

「……先生のジゴロ」

「ん？　千夜、なんか言ったか？」

「いいえ！　なにも！」

だったら、なんでそんなに不機嫌そうなんだよ。俺、なんか気に障ること言ったか？

首を捻る俺に、なぜかレイアが苦笑していた。

「立派な教育者精神ねぇ、感心するわ。けど、邪魔するなら容赦しないわよ？」

メアリが絶対零度の視線を向けてくる。

凍てつくような眼差しを、俺は真っ向から受け止めた。

「望むところだ。アグネスは殺させない」

「はっ！　守る価値もないクズを庇って死ぬつもり？　酔狂な男ね」

アグネスへの侮蔑に、俺は眉をひそめる。

「随分な物言いだな。アグネスはクズなんかじゃない。きみはどうしてアグネスを目の敵にするんだ？　エクソシストだから恨むなんて、理不尽すぎないか？」

「理不尽？」

メアリの顔が憎悪に歪んだ。

「理不尽なのはどっちよ！　そいつらエクソシストはねぇ！　正義だの神だのご大層な大義名分を掲げて、自分たちの悪行を正当化するクソ外道！　人々のためとかほざきながら、喜々として人殺しするペテン師！　ゴキブリほどの価値もない害虫なの！　駆逐しないといけないのよ！」

悪鬼のように恐ろしい形相と、幽鬼のようにおぞましい雰囲気に、千夜とレイアが息をのむ。

「なぜエクソシストを恨むのか？　そんなの簡単よぉ！　あたしの両親が、エクソシストどもに殺されたからよ!!」

「「「なっ!?」」」

俺たちは絶句した。

「ねぇ？　あなたたちは『正道派』って知ってる？」

「『聖書の神』を絶対として、それ以外の信仰を排斥する、教会の一派か？」

「そうよ。その腐れエゴイストどもがねぇ、あたしたちの日常をぶち壊したの！」

メアリが狂気の笑みを浮かべる。

「あいつらはねぇ！　あたしの目の前でお母さんの頭を切り落としたの！　お母さんの頭はゴロンって床に転がって、こっちに目が向いたのよぉ！　でもねぇ？　その目にはなんにも映ってないの！　さっきまで生きてたのに、ただの物になっちゃったの！　あはははははははっ!!　おかしいわよねぇ!!」

親が殺された話をしているのに、メアリはケタケタと笑っていた。感情と表情の異常な乖離に、三人の教え子が青ざめる。

「マーガレットさんには感謝していたわぁ。孤児になったあたしの面倒を見てくれて、立ち直らせてくれたんだから。けど、あのひと、教会のクソ野郎どもと協定を結ぶとか言い出したのよ⁉　おかしいわよねぇ？　ひどいわよねぇ？　許せないわよねぇ⁉」

だから、

「ガルムを召喚して台無しにしてあげたの！　『蛇と梟』も乗っ取ることにしたわぁ！　すべては教会に復讐するため‼　計画が上手くいってねぇ！　あたし、最っっっっ高に幸せよぉ‼」

両腕を広げてメアリが哄笑する。大笑いするメアリは、しかし、泣きじゃくる子どものようにも映った。

「で、ですが！　『正道派』は二年前、教会自身の手で解体されています！　すでに罰されているんですよ⁉」

「だから？」

勇気を振り絞って訴えただろう千夜に、ぐりん、とメアリが梟の如く首を傾げる。ガーネットの瞳は負の感情で濁っていた。

「だからなに？　復讐をやめろって？　教会を許せって？　できるわけないでしょ？　止まれるわけないでしょ？　そんなこともわからないの？」

病的なメアリの言動に、千夜が気圧される。

メアリが乾いた笑い声を上げ、頬を掻きむしった。

「わかってるわよ、これがただの八つ当たりだってことくらい。間違ってるのはあたし、おかしいのはあたし、狂ってるのはあたし――もうね？　壊れちゃってるの、あたし」

メアリの目尻から涙がこぼれる。あまりの復讐心に、自分で自分が制御できないのだろう。

メアリの境遇には同情する。俺にも母さんを殺された過去があるから、親を殺した相手を憎む気持ちは、よくわかる。

だけどな？　こっちも許せないんだよ。

「そっちの事情はわかった。『正道派』の蛮行は俺もくそったれだと思うよ。俺に、教会を庇うつもりなんて毛頭ない」

けど、

「だからって、レイアが苦しんでいい理由にはならねぇだろ。レイアのお母さんに罪を着せていい理由にはならねぇだろ。レイアから平穏を奪っていい理由には、ならねぇだろうがっ!!」

「先生……っ」

レイアが涙ぐむ。

俺はメアリを睨(にら)み付けた。

「俺の教え子に手ぇ出した罪は重いぞ。力尽(ちからず)くで購(あがな)わせてやるよ」

「そう……結局、あなたたちも殺さないといけないのね」

顔から表情を消して、メアリが叫(さけ)ぶ。

「虐殺をはじめるわ！　存分に殺(や)りなさい!!」

「「「「「「「おおぉおおおおおおおおおおおおおおおおっ!!」」」」」」」

『『『WWOOOOOOOOOOOOOOOOONNN!!』』』

魔女たちが腕を突(つ)き上げ、一斉に魔女学の校舎へ飛んでいく。ケルベロスも喝采(かっさい)するように吠(ほ)えた。

「先生！　ケルベロスの相手はわたしがします！　先生とレイアさんは、メアリさんを止めてください！」

「わかった。ケルベロスは力を温存して戦える相手じゃない。はじめから切り札を使うぞ！」

「はい！」

千夜の頬に手を添(そ)える。

千夜が静かにまぶたを伏せ、俺は唱えた。

『子供たちよ、汝らに告げよう！　ベリアルは従う者に剣を与える！　その剣は七つの悪！　妬み、破壊、患難、捕囚、欠乏、混乱、荒廃なり！　心はベリアルを通し理解する！』

千夜に口づけして、唾液とともに魔力を送りこむ。

体内に送り込んだ魔力を呼び水にして、俺は千夜に魔王の力を降ろした。

「んっ！　……うううううううううっ♥」

千夜を選んだ魔王──『ベリアル』から魔力が供給され、赤黒いオーラとなって溢れ出す。

千夜の着ていた制服が霧散し、胸に刻まれた『魔王の紋章』が輝いた。

輝きが光の粒子となり、千夜を魔王の姿に変えていく。

鎖が巻きついた漆黒のガントレットとブーツ。

競泳水着に似た、鮮血色の衣装に、奈落色のマント。

山羊のそれに似た血染めの角。

《悪》の根源たる大悪魔、ベリアルのコスチュームを身につけた千夜から唇を離し、俺はポン、と肩に手を置く。

「頼んだぞ、千夜」

「任せてください！」

「レイアとリリスも、覚悟はいいな？」

「うん！」

「もちろんよ」

三人が力強く頷き、俺は号令をかけた。

「行くぞ、俺たちの平穏を守るために！」

「「「はい!!」」」

俺たちはそれぞれの敵を倒すため、二手に分かれて駆けだした。

✡　✡　✡

先生たちと分かれたわたしは、校門付近まで移動していた。ここまで来れば、ベリアルの力を用いても、先生たちや校舎を巻き込むことはないだろう。

――頼んだぞ、千夜。

先生の言葉と、肩に置かれた逞しい手を思い出し、わたしの胸が温かくなる。

振り返り、わたしはケルベロスと対峙した。ケルベロスが、六つの眼を赤熱するように染め、睨み付けてくる。

怖くない。先生に信頼されている喜びが、わたしに力をくれるから。

視線の交差。

一瞬の静寂。

「来なさい」

『『『GOOOOOOOOOOOOOHHH!!』』』

ケルベロスのブレスが放たれ、戦いの火蓋が切られた。

三つの口から吐き出された灼熱が交じり合い、紅蓮の蟒蛇と化す。

蟒蛇の顎が迫るなか、わたしは落ち着いて右手をかざした。

「あなたのブレスは強力だけど、ベリアルには劣るわ」

艦載砲の如き爆音とともに、わたしは漆黒の炎を撃ち出した。ベリアルの概念を体現する、《滅び》の黒炎。

紅蓮の蟒蛇と、漆黒の炎が激突した。

紅が黒をのみ込む。

己をのみ込んだ紅を、黒が内側から食い破った。

黒が紅を貪り喰い、ケルベロスへと迫り——中央の頭を消し飛ばす。

『GAAAAAAAAAAAAAAAAAHHHH!!』

残るふたつの頭が苦痛にわめいた。

火力はこちらが上回ってるみたいね。ミスさえしなければ勝てるわ。

推し量り、わたしは二発目の黒炎を放つべく、右手を突き出す。

手のひらに魔力を集中させていると、ケルベロスが四肢をたわめ、こちらに突進してきた。

火力勝負では不利と見て、接近戦に切り替えるつもりね⁉

敏捷性ではあちらが上だ。わたしとの距離をあっという間に詰め、ケルベロスの左の頭が牙を剥いた。

わたしの体を食いちぎらんと、鋭い牙が黒曜石の如くギラつく。

わたしは慌てない。

ギリギリまで引きつけて、わたしは右斜め後ろに跳ぶ。

ケルベロスの牙が空を切り、自分の牙とかみ合って、ガチン、と音を立てた。

先生と何度も愛し合ったことで、わたしとベリアルの繋がりは強まっている。そのためか、魔王の力の制御性に加え、身体能力もわずかに上昇していた。来るとわかっていれば、ケルベロスの攻撃を避けられるくらいに。

噛みつき攻撃が失敗したことで、ケルベロスには隙が生まれている。口を閉じているため、ブレスを吐くことも不可能だ。

「終わりよ！」

右手を向け、滅びの炎を撃つ――寸前。

『GOOOOOOOOOOOOOOOOOOOHHHH!!』

ケルベロスが右前足を踏み出し、強引に右の頭を突き出して、ブレスを放ってきた。

「なっ⁉」

予想外のブレス攻撃に、わたしは狙いを急遽変更。ブレスを防ぐため、滅びの炎を撃ち放つ。

滅びの炎がブレスを押し退け、防御は成功。しかし、そのあいだにケルベロスは距離を取っていた。

一挙手一投足を見張るように、ケルベロスが姿勢を低くして、わたしを睨む。

ケルベロスとの距離はおよそ五〇メートル。これだけ距離が空いていれば、滅びの炎は躱されてしまう。無闇には撃てない。

では、どうすれば当てられる？

思考を巡らせていると、ケルベロスが地を蹴った。脚力の爆発に、アスファルトが踏み砕かれる。

速度に乗ったケルベロスは、わたしの周りを走りながらブレスを放ってきた。

襲いくるブレスを危うげなくバックステップで回避。が、直後にもう一発ブレスが吐き出され、わたしは連続回避を余儀なくされる。

ケルベロスの攻撃は終わらない。一時も足を止めずに走り回り、距離を保ってブレスを連発してくる。敏捷性と遠距離攻撃の合わせ技だ。

存外、賢いわね。精神の負担になるから、わたしは魔王の力を長時間使えない。長期戦になれば不利なのはこちら。ケルベロスは、そのことを理解してるみたいね。

冷静に分析して、わたしは決断した。

なら、逃げ道ごと潰すまで！

ベリアルとの繋がりに集中し、わたしは魔力をくみ上げる。血ヘドのようなオーラが膨れ上がり、大気をチリチリと焦がす。

手のひらを天に突き上げ、わたしは魔力を解き放った。

「はぁあああああああああああああああああっ‼」

上空に漆黒の種火が無数に灯り、流れ星の如く降り注ぐ。

ハク・リーヤンとの戦いで最後に放った大技。あのときは先生の協力がなければ使えなかったが、ベリアルの力に馴染んできたいまなら、わたしひとりでも行使できる。

『『GWWWWOOOOOOOOOOOHHHH……‼』』

黒炎の雨がケルベロスを穿つ。

アスファルトや校庭の木々が巻き込まれて融解し、ケルベロスの体が穴だらけになり、木炭より黒く焼け焦げた。

かなりの魔力を消費したけど、なんとか勝てたわ。これなら、先生とレイアさんの応援に向かえそうね。

思い、踵を返そうとした、そのとき。

『『LWWWWW……』』

ケルベロスの唸り声が、三つ分、聞こえた。

おかしい。わたしはケルベロスの中央の頭を消し飛ばした。ケルベロスの頭は残りふたつ。なのに、なぜ唸り声は三つ聞こえる？

それ以前に、ケルベロスは瀕死の重傷、絶命の間際なのよ？　ケルベロスはなにをするつもり？　この唸り声は、なにを意味するの？

わたしは戸惑い、次の瞬間、目を剥いた。

見るも無惨だったケルベロルの体が、時間を戻すように修復されていったからだ。

「ど、どうして……⁉」

混乱しそうな頭をなんとか鎮め、異常の原因を考える。

脳をフル回転させて、わたしは気づいた。

ケルベロスはエキドナとテュポーンの子！　まさか、両親から《蛇の特性》を継いでいるの⁉

脱皮により成長する蛇の様子を、古代の人々は『若返り』や『再生』と捉えた。ゆえに《蛇》は、『死と再生』・『不死』のシンボルとして扱われた。

神話でもその傾向は顕著だ。例えば、ギリシア神話に登場する多頭蛇『ヒュドラ』は、どれだけ頭を潰されても再生する、不死身の怪物だった。

すなわち、《蛇の特性》とは『不死性』なのだ。

エキドナとテュポーンはどちらも蛇！　加えてヒュドラの親でもある！　同じ親から生まれたケルベロスが、《蛇の特性》を持っていてもおかしくない！

驚愕するわたしの前で、ケルベロスは再生を終え、三つの口からブレスを吐き出した。

再生する相手に対し、長期戦に向かないわたしは圧倒的不利。消耗戦に持ち込まれたら確実に負ける。

それでも、先生に任せられた以上、諦(あきら)めるわけにはいかないのよ!

わたしは防御のために滅びの炎を放とうとして——周りに漂(ただよ)う白い粉に気づいた。

白い粉がわたしを取り囲み、白金の明かりを放つ。

白金の明かりは、アクアドームのような球状の面を展開し、ケルベロスのブレスからわたしを守った。

「これは……?」

「『聖塩(せいえん)』による結界だ」

背中から声が聞こえる。

振(ふ)り返ると、アグネスさんが凛然(りんぜん)とした表情で立っていた。

「加勢しよう、アグネスさん。物部千夜。『夜の結界』で力を減衰されているが、わたしはまだ戦える」

「助かるわ、アグネスさん。正直、かなり厳しい状況だったの」

わたしは一息ついて、アグネスさんに尋ねる。

「アグネスさん、あなたに命を預けてもいい?」

「あなたを守れという意味だろうか?」

「ええ」

わたしは左手に魔力を集めた。

「わたしはまだ未熟者。これからから使う力には、仲間のサポートが必要なの」

✡　✡　✡

「来なさい、猟犬たちよ！」

メアリの呼びかけに、どこからともなく響いた遠吠えが答える。ヒタヒタと足音が鳴り、虚空から黒ずくめの猟犬が無数に現れ、俺とレイアを取り囲んだ。

古来より、《犬》は人間のパートナーであると同時に《冥界》の象徴とされてきた。地獄の番人たるケルベロスが犬であることや、死を司るエジプトの神『アヌビス』が犬の頭をしているのは、そのためだ。

犬は、冥界の女神であるヘカテーとも関係が深い。ゆえに、ヘカテーは猟犬の群れを召喚する能力を持っているんだ。

メアリが喚び出した猟犬の群れに対抗するべく、リリスとのキスを終えた俺は魔将を呼ぶ。

『底無しの淵の王よ！　破壊集団の長よ！　天より堕ちてその扉を開けよ！』

俺の背後に異形の影が現れた。

イナゴの体にサソリの尾、鉄の胸当て。

長い髪を生やした人頭は金の冠をいただき、その口からは獅子の牙が覗いている。

リリスが霊体となって消え、俺はその魔将の名を叫んだ。

『第二の魔将、アバドン！』

古代の人々が抱いたイナゴへの恐れを体現する魔将、アバドン。

《破壊者》の異名を持つ大悪魔が、ガラガラと地を鳴らす車輪のような羽音を立て、錆びついたノコギリを擦り合わせるようないななきを上げた。

『GYYYYYYAAAAAAAAAAAHHH!!』

髪を黄金に染めた俺は、紫色の魔力にアバドンの力を取り込む。アバドンの幻影が溶け込み、俺の魔力が爆発的に膨れ上がった。

膨れ上がった魔力は人魂のように宙に浮かび、夥しい数のイナゴへとかたちを変える。

すべてを喰らい尽くす『暴食蟲』だ。

「『アバドンの軍勢』！」

俺が暴食蟲の群れを具現化した直後、ヘカテーの猟犬たちが襲いかかってきた。

「迎え撃て、『アバドンの軍勢』！」

暴食蟲が鎧を鳴らすような羽音を立てて、俺とレイアの周りを旋回しはじめる。さながらモスグリーンの渦潮だ。

渦潮に飛び込んだ猟犬は、暴食蟲にかじられ、貪られ、削り取られるように絶命していった。

メアリが舌打ちして、銀の弓に矢をつがえる。弦が引き絞られ、光の矢が射られた。

猟犬の群れを『軍勢』に任せ、俺は右の人差し指に魔弾を装填し、光の矢へと向ける。

黒く染まった指先から撃ち出された魔弾が、光の矢を相殺した。

「本当、規格外よねぇ、あなたは！」

「その言葉、そっくりそのままお返しする！『夜の結界』による強化があるとは言え、『アバドンの軍勢』とまともに渡り合い、魔弾と同威力の光の矢を放てるメアリだって、充分規格外だろ！」

「褒め言葉として受け取っておくわぁ！」

メアリが光の矢を一気に三本生み出し、銀の弓につがえる。メアリの攻撃を察し、俺も人差し指・中指・薬指に魔弾を装填した。

光の矢と魔弾が同時に放たれる。上空から白い三つの閃光が降り、地上から黒い三つの彗星が打ち上げられた。

閃光と彗星が空中衝突。その余波が、メアリ、俺、レイアの衣服をはためかせる。

「こっちからも攻めさせてもらう！」

俺はポーチから小さな水瓶を取り出した。水瓶の表面には、半獣半人の悪魔の姿が彫り込まれている。

水瓶を地面に叩きつけ、俺は呪文を唱えた。

『我を苦しめし者に復讐を！』

水瓶の破片が宙に浮かび、かたちを変えていく。長く棒状に伸び、一方に羽が、もう一方に鏃が生まれる。

メアリが瞠目した。

「あたしの光の矢!?」

「相手から受けた霊的攻撃を、効果七割でコピーする『ガルテスの憎呪』だ。仕返しさせてもらうぞ、メアリ！」

水瓶の破片が変化した、四本の光の矢を、俺はまとめてメアリに放つ。

「これしき……っ！」

メアリが箒の柄を右手で握り、回避運動をとった。

急発進して一本目の矢を避け、V字に方向転換して二本目を凌ぐ。

迫る三本目の矢を上昇からの急下降でやり過ごしたメアリに、最後の矢が襲いかかった。

このまま行けば、メアリは光の矢と正面衝突する。

光の矢とメアリが衝突する――直前。

「くぅっ‼」

メアリが大きく上体を反らした。光の矢はメアリの胸元をかすめ、上空へ消えていく。

すべての光の矢を回避し、メアリの唇が笑みを描いた。

が、それは油断。こちらを向いたメアリが驚愕する。

「魔弾っ⁉」

メアリが四本目の矢を躱すタイミングを見計らい、俺は魔弾を発射していたんだ。

「ぐ……っ‼」とメアリが呻いた。

メアリは上体を大きく反らしている。バランスを崩したあの体勢から魔弾を避けるのは、至難の業だ。

俺の狙いはメアリの右腕。箒を操る右腕を撃ち抜けば、機動力を大幅に削ぎ、優位に立てる。

空を駆け抜け、魔弾がメアリの右腕に迫る。着弾まではコンマ一秒もない。

「くぅあぁああっ‼」

メアリが歯を食いしばり、力任せに右腕を引く。魔弾が真紅と漆黒のローブを突き破り

——メアリの右腕をかすめ、通過した。

必中効果を持つ魔弾はすぐさまUターンする。

顔中汗まみれのメアリは、箒から右手を離し、光の矢を生み出し、左手に握る銀の弓につがえ、上体を反らした体勢のまま射った。

メアリの目前で、魔弾と光の矢がかち合う。大気の爆ぜる音が響き、発生した衝撃で、メアリの三角帽子が宙に舞った。

息を切らし、メアリが灰色の髪をかき上げる。

「回避した瞬間を狙うなんて、ひどい男ね」

「まさか避けきるとは思わなかった。仕留めたと思ったんだがな」

「危ないところだったわぁ。けど、これで形勢逆転ね」

メアリがニィッと口端をつり上げた。

「アグネスを助けるために一発、光の矢との撃ち合いで四発、そしてさっきの一発で、計六発。七発目の魔弾は悪魔のコントロール下にあるから撃てない。あなたの十八番は弾切れよ」

メアリの言うとおり、七発目の魔弾は術者ではなく、契約した悪魔のコントロール下に

ある。加えて、悪魔から与えられる魔弾は一日に七発。俺はもう、魔弾を撃てない。

銀の弓の弦を引き絞り、メアリが勝ち誇る。

「あなたたちの負けよ！」

光の矢が放たれた。

「させない！」

対抗し、レイアがカボチャ提灯を用いる。無数に浮かび上がった火の玉が、光の矢を止めようと飛んでいく。

「無駄よ！　その程度の魔術では止められないわぁ！」

光の矢は火の玉をものともせず、次々と貫いていった。当然だろう。魔弾と同等の威力を持つ光の矢に、カボチャ提灯如きが敵うはずがない。

光の矢が俺たちに迫る。

それでも俺は焦らなかった。

レイアの頭をポンポンと撫でる。

「よくやった。レイアのおかげで再装填が完了した」

俺は人差し指を光の矢に向けた。その指先が、、、、漆黒に、、、染まる。

「まさか……魔弾⁉」

「そのまさかだ！」

　装填した魔弾を撃ち放ち、俺は光の矢を弾いた。衝突の余波が髪を乱すなか、俺はニヤリと笑う。

　メアリが愕然とした。

「七発目の魔弾はまともに扱えないはず！　一か八かの賭けに出たの⁉」

「賭けなんてするか。勝算込みの行動だよ」

　俺は六発の魔弾を用いた。もう魔弾は撃てない――レイアを従者にするまでの俺なら。

「再装填。契約している悪魔に、明日の分の魔弾を要求した。俺が使ったのは七発目の魔弾じゃない。新しく手に入れた七発のうちの、一発目だ」

「はあっ⁉」

　メアリが大口を開ける。

「明日の分を要求する⁉　そんなことできるわけないじゃない‼」

「できるんだよ。魔帝に近づいた、いまの俺ならな」

　悪魔との契約は商業取引に喩えることができる。魔術師の力量が、契約に大きく関わるのだ。

　そして俺は、悪魔を統べる魔帝の後継者であり、従者が増えるほど魔帝に近づく。

ふたり目の従者を得た俺は、悪魔に魔弾を要求できるまで成長した。力の『信用貸し』をさせるだけの『交渉力』を得たのだ。

まあ、再装填するたびに、明日、明後日、明明後日と、魔弾が使えない日が増えていくんだがな。

それでも、魔弾の回数制限を外せたのは大きい。おかげで、メアリを追い詰められるんだから。

「形勢逆転ならず、だな」

「く……っ」

不利を悟り、メアリが歯噛みする。

「ふ、ふふっ、確かにキツいわね。けど、あなたがいくら強くても、あたしの相手で手一杯でしょう?」

頬に汗を伝わせながら、それでもメアリは強気に笑った。

「『蛇と梟』のメンバーは一〇〇人を超える！ そのすべてが『夜の結界』で強化されているの！ 生徒風情では相手にならないわぁ！ いまごろあなたの大切な教え子たちは、あたしの部下に蹂躙されているでしょうねぇ！」

正攻法では勝てないと考えて、揺さぶりにきたか。生徒たちを気にかけさせて、隙を作らせる魂胆だろう。

　メアリが「くっ」と喉を鳴らした。

「この瞬間も、あなたの教え子は殺されているかもしれないわねぇ。助けにいかなくてい
いのかしら？」

　動揺を誘うメアリの言葉。俺はそれを受け流す。

「残念だが、きみの予想は外れる」

「……なんですって？」

　苛立ったように唇を歪めるメアリに、俺は獰猛な笑みを向けた。

「俺の教え子たちを舐めるなよ？」

✡　✡　✡

「ほらほら！　逃げ惑いな、子羊ちゃんたち！」

「悪い魔女に捕まりたくなかったらねぇえええええええっ!!」

　わたし──中尾円香と二年E組の生徒は、校舎一階の廊下を走っていた。

　背後からは、箒にまたがったふたりの魔女が追いかけてくる。先生とのデートの帰りに

わたしたちを襲った、スーザンさんとマーシーさんだ。

スーザンさんとマーシーさんは、それぞれの使い魔、キマイラとバンシーを喚び出していた。

ふたりの魔女と二体のバケモノに追われ、わたしたちは息を切らせて走る。

「急がないと背中に火がつくよぉ！」

「焼死しなさぁあああああああいい!!」

スーザンさんとマーシーさんがカヴンの魔符を放った。発生した青紫の火球は、以前目にしたものと比べものにならないくらい大きい。まるで砲弾だ。

『夜の結界』で使い魔が強化されたことで、契約者である魔女自身の力も上がっているのだろう。

『地の三十六禽、天の二十八宿！　聖なる宇宙を現出せよ！』

殿を務めるわたしは、ポーチから注連縄を引っ張り出して結界を張る。

いつもは立体だが、今回は壁とするために面状に展開した。対角線と四角形を描いた注連縄が、青白い結界を形成する。

結界の壁に青紫の火球が着弾し、爆音がわたしの鼓膜を震わせた。ピキピキと結界にヒビが入り、ガラスのように砕け散る。

こ、こんなに……あっさり⁉

ハク・リーヤンの切り札『起屍鬼』の攻撃に耐えた結界が、カヴンの魔符二発で砕けた。

『夜の結界』で強化されたカヴンの魔符の威力に、わたしは戦慄する。まともに食らっては、ひとたまりもないだろう。

なおも逃げ、わたしたちは曲がり角に来た。曲がり角には、左へ続く道とは別に、木製の扉が右にある。

わたしたちは扉を開け、そこにある階段を駆け下りた。

階段の先にあるのは円形の広場だ。広場からは、一〇本の通路が放射状に延びている。工場の地図記号に似た構造だ。

それぞれの通路の上には、『第一』から『第一〇』までのプレートが貼られていた。わたしたちは『第九』の通路を選んで進む。

通路の先にあった扉を開けると、そこは石張りの大部屋だった。悪魔との契約の授業で使った、第九儀式場だ。

わたしたちは第九儀式場になだれ込み、その奥まで走る。

肩で息をしながら振り返ると、キマイラとバンシーが、双眸を爛々と輝かせながら儀式場に入ってきた。

「鬼ごっこは終わりかい？」

「残念ねぇ！　行き止まりみたいよぉおおお!?」

二体の使い魔に続き、スーザンさんとマーシーさんも儀式場に入ってくる。ふたりとも、ニタニタと意地の悪い笑みを浮かべていた。

「バカな子たちだねぇ、自分から袋小路に入るなんて」

「どれだけ泣き叫んでも無駄よぉおおお!?　ここから地上までは聞こえないでしょうしねぇえええええええ!!」

スーザンさんとマーシーさんがカヴンの魔符を取り出し、キマイラとバンシーがゆっくりと近づいてくる。

わたしは汗を拭った。

「いえ……すべて、狙い通り、です！」

瞬間、第九儀式場の床に光の線が走った。光の線が、キマイラとバンシーを囲むように紋様を描く。

大中小三つの円。その外側に、大小ふたつの四角形。四角形のそれぞれの角には、頂点を中心とした円。

いたるところに《聖なるシンボル》が記され、最後にテトラグラマトンが刻まれて、紋様が完成した。

スーザンさんとマーシーさんが、出現した紋様に目を剝く。

「「魔法円!?」」

悪魔との契約の際に用いる魔法円。その内側にいる悪魔は、決して外側に出られない。

すなわち――

「これで、キマイラと、バンシーは……なにも、できません！」

スーザンさんとマーシーさんのまたがる箒が、ガクンと落下した。儀式場の床に叩きつけられて、スーザンさんとマーシーさんが「「げぁっ!?」」と悲鳴を上げる。キマイラとバンシーが魔法円に閉じ込められたことで、使い魔との繋がりが不安定になり、飛行術が切れたのだろう。

小さくガッツポーズして、わたしは思い出す。この第九儀式場で行われた、悪魔との契約の実践授業を。

――みんなに頼みたいことがあるんだが、いいか？

なにかを閃いたらしい先生は、こう続けた。

――みんなで協力して、校舎内に魔法円を描いてほしいんだ。万が一、アグネスたちが『蛇と梟』の撃退に失敗した場合に備えて。

先生の指示に従い、『蛇と梟』に悟られないよう外から見えない場所を選んで、わたしたちは校舎のあちこちに魔法円を描いた。そして、アグネスさんの迎撃作戦が失敗し、『蛇と梟』が攻め込んできた場合、どこに逃げるかを決めた。

つまり、『蛇と梟』の魔女に追われるのは想定内。わたしたちは、スーザンさんとマーシーさんに追われる振りをして、罠に誘い込んだのだ。

「は、反撃、ですっ！」

「「「「「「おぉ――――っ!!」」」」」」

ある生徒がルーンを刻んだコインを取り出し、ある生徒が『霊符』を投げ放ち、ある生徒が不動明王を表す『不動根本印』を結ぶ。

『ソーンよ！　汝は傷・魔除け・荊なり！　魔を貫く荊を現出せよ！』

『斬妖符、急急如律令！』

『ノウマク・サンマンダ・バザラダン・カン！』

『ソーン』のルーンが魔力の荊を生み、『斬妖符』がカマイタチを飛ばし、『一字咒』が火炎弾を撃ち出した。

予想だにしなかっただろうわたしたちの反撃に、床に倒れていたスーザンさんとマーシーさんが泡を食う。

「こ、これしきのことで！」

「やられてたまるものですかぁぁぁあぁっ!!」

転がるように右へ逃げて、スーザンさんとマーシーさんが三人の魔術を避ける。

その逃げ先に向け、あらかじめ第九儀式場に隠しておいた弓を取り出し、わたしは魔術を行使した。

『ひふみよいむね、こともちろらね、しきるゆいとは、そはたまくめか！』

神言を唱え、わたしは弦を鳴らす。ビィイイ……ン！　と響く弦の音が、魔力の矢となって実体化した。

妖魔怪物を除き圧伏する、神道の呪術『蟇目神事』。

無数に生まれた魔力の矢が一気に射出され、儀式場に流星群が描かれる。

「「ぎゃああああああああああああああっ!!」」

スーザンさんとマーシーさんが、魔力の矢を食らってのたうち回った。

「つ、捕まえ、ましょう！」

「任せて！」

ひとりの生徒が懐から『縛鬼符』を取り出す。魔物の自由すら奪う、捕縛効果を持つ霊符だ。

縛鬼符が投げられ、

「小娘風情が!!」

「舐めてんじゃないわよぉおおおおおおおおおおおっ!!」

スーザンさんとマーシーさんが、鬼の形相で怒鳴る。

ふたりの双眸が鮮血のように赤く染まり、突如、わたしを呼吸困難が襲った。

「かひゅ……っ!?」

強烈な息苦しさに、わたしは喉を押さえてへたり込む。ほかの生徒も呼吸困難に見舞われているのか、ドサドサと床に倒れた。

「こ……れ、は？」

「睨んだ者の精神・肉体を蝕む魔女の『邪眼』で、あんたたちを呼吸困難にしたのさぁ。格上には通じない術だけど、青二才のあんたたちにはどうすることもできないよぉ？」

「苦しいでしょう!?　ツラいでしょう!?　いま楽にしてあげるわぁあああああああ!!」

ゼェゼェと喘息のような呼吸をするわたしに、スーザンさんとマーシーさんが勝ち誇る。

酸素不足で視界がかすむ。頭のなかに靄がかかる。

『高天原に……神……留り坐す……皇親神漏岐……神漏美の……命……以て……』

それでも諦めない。わたしはか細い声で大祓詞を唱えた。

わたしの体が白く光る。穢れや災厄を祓う浄化の光。大祓詞なら、邪眼の呼吸困難を治せるはず。

しかし、詠唱が乱れているためか、発される光は弱々しい。これでは、完全に浄化することは不可能だ。

「無駄なあがきさぁ！」

「敵わないってわからないのぉ⁉　頑張っちゃって、バカみたいねぇえええええ‼」

スーザンさんとマーシーさんが、ゲラゲラとわたしをあざ笑う。

構わない。

『八百万……神等……を……神集えに……集え……賜い……』

どれだけバカにされようと、滑稽に映ろうと、わたしは大祓詞を唱え続ける。

先生に任されたのだから、倒れてなんかいられない。

抵抗を続けるわたしに、スーザンさんとマーシーさんが、「「はんっ」」と不機嫌そうに鼻を鳴らした。

「命乞いでもすれば面白いのに、興ざめだねぇ」

「スーザン！　もう殺しちゃおう!!」

「そうだねぇ、マーシー。醜い羽虫は駆除しないとねぇ」

スーザンさんとマーシーさんがカヴンの魔符を取り出す。

「「死になぁ、小娘どもぉおおおおおおおおおおお!!」」

放られたカヴンの魔符が発火し、青紫色の火球になった。

迫る火球を前にして、なおもわたしは大祓詞を唱える。

負け……ません！　ボロボロに、なっても、這いつくばって、でも……抗って、みせます!!

火球はもはや目前。

「よく耐えた」

その火球を、横合いからきた炎弾が消し飛ばした。

儀式場に爆音が響き、爆風がわたしの髪とスカートをはためかせる。

「きみの抵抗は無駄ではないよ、円香くん。立派に時間を稼いでくれた」

　モウモウと煙が立ちこめるなか、熟成したワインのように味わい深い、アルトボイスが聞こえた。

　わたしは安堵の息を吐く。

「待って、いました……学院長」

「遅れてすまない。『夜の結界』による強化が予想外でね。手こずってしまったよ」

　煙が晴れると、儀式場に銀髪の麗人が立っていた。

「奈緒・ヴァレンティン⁉　救援に来たっていうのかい⁉」

「ここからでは地上に声が届かないはずよぉ⁉　なのに、どうしてここに生徒たちがいるとわかったのよぉおおおおお⁉」

　学院長の登場に、スーザンさんとマーシーさんは愕然としていた。

　ふたりの驚きはわかる。第九儀式場は地下室。本来、わたしたちは救援を望めない。ここで騒ぎが起きようと、地上にいるひとたちには聞こえないのだから。

　けど、わたしには——わたしたちには、救援が訪れることがわかっていた。

「きみたちは、ここに魔法円が描かれている意味を考えるべきだった」

　顎が外れんほど大口を開けているスーザンさんとマーシーさんに、学院長が静かに話しかける。

「二年E組の生徒たちは、きみたちを罠に嵌めるため第九儀式場に誘い込んだ。生徒たちは、魔法円の場所を把握していたということだ」

考えてもみたまえ。

「魔法円の場所を生徒が知っていて、教員が知らないはずがないだろう？」

学院長の指摘に、スーザンさんとマーシーさんの顔が引きつった。

「「ま、まさか……」」

「この学院の全生徒・全教員は、『蛇と梟』が攻め込んできた場合のプランを共有していたのさ。連携して撃退するためにね」

学院長が不敵に笑う。

「きみたちは、総力を挙げてわたしたちをひねり潰そうと思っていたようだが、わたしたちも、総力を挙げてきみたちを迎え撃つつもりだった。入念な準備をしていた分、有利なのはこちら。地上に戻ればわかるが、生徒と教員の共闘で、きみたちの仲間は次々と捕縛されているよ」

そう。ジョゼフ先生が考えたのは、魔法円による使い魔封じではない。逃走ルートや対応パターンを全員で共有し、生徒が罠に誘い込んで教員が仕留める、『蛇と梟』掃討作戦だ。

『蛇と梟』は、魔女学を一方的に蹂躙しようと考えていたらしいが、わたしたちは最初から、全面対決を覚悟していたのだ。

「「貴様らぁあああああああああああああああああっ!!」」

激怒したスーザンさんとマーシーさんが、ぼろきれを取り出して床に叩きつけた。小さな雷雲が発生し、学院長に向けて二条の稲妻が放たれる。

天候魔法の雷撃に対し、学院長は左手を差し出した。

その手には、四つの指輪が嵌められている。人差し指にはルビー、中指には琥珀、薬指にはサファイア、小指にはエメラルドだ。

『元素の二よ、黄色の風よ、出でい！』

琥珀の指輪が黄色く輝き、突風が発生する。突風は学院長の手のひらに集束し、風の砲丸となった。

『自然魔法』に属する『元素魔法』。世界を構成する『四大元素』――《火・風・水・土》を操る魔術だ。

風の砲丸が発射される。

「その程度のそよ風で勝てると思ってるのかい!?」

「使い魔を封じられても、わたしたちには『夜の結界』があるの!!　あんたひとりでわたしたちに敵うはずがないのよぉおおおおおおお!!」

スーザンさんとマーシーさんが高笑いした。

だが、学院長の笑みは崩れない。

「残念だが、わたしの魔術はこれで終わりじゃない」

余裕さえ浮かべ、学院長が唱えた。

『金刃は木を断つ！　此即ち金克木の理なり！』

風の砲丸と二条の稲妻が激突する。瞬間、風の砲丸が咆哮するように唸り、爆発的に膨張した。

二条の稲妻が、風にのみ込まれて消滅する。

「五行相克⁉」

「西洋の元素理論だけじゃなく、東洋の元素理論も扱えるっていうのぉおおおおお⁉」

「西洋人の父と、日本人の母から薫陶を受けたものでね」

西洋の『四大元素』に近しい概念に、東洋の『五行説』がある。世界は《木・火・土・金・水》の五つの要素で構成されているという理論だ。

この五行説では、『ある要素がある要素を打ち負かす』考え方がある。この『一方が一方に克つ』関係を『相克』と呼ぶ。

雷は《木行》に属し、風は《金行》に属する。学院長は、金行が木行に克つ『金克木』によって、雷を打ち消したのだ。

「次はこちらが行こう」

唖然とするスーザンさんとマーシーさんに、学院長が左手を向ける。

『元素の三よ、青き水よ、出でい！』

サファイアの指輪が青く輝き、水流が生まれ、渦巻いた。水の元素魔法だ。

学院長が、渦巻いた水流を槍の如く練り上げて撃ち放つ。

「調子に乗るんじゃないわよぉ！　吹き飛ばしてあげるわぁああああああっ!!」

マーシーさんが三つの結び目を持つ紐を取り出し、結び目のひとつを解いた。

途端、儀式場に暴風が吹き荒れる。結び目に閉じ込めた風を解き放つ、『操風魔法』。

暴風が、水槍を吹き飛ばさんと荒れ狂う。

学院長が嘆息した。

「きみは学びが足りない。わたしが用いたのは水。きみが用いたのは風。つまり、水行と金行だ」

マーシーさんがハッとした。

「金生水……!!」

「正解だ。次はもっと早く答えられるように」

学院長がウインクとともに唱える。

『金物は水を滴らせる！　此即ち金生水の理なり！』

水槍が暴風を取り込み、栄養源にしたかのように体積を増した。

五行説には『相生』という、相克と真逆の考え方がある。『ある要素がある要素を生み育む』というものだ。

五行相生によれば、《金行》は《水行》を生み育む『金生水』の関係にある。学院長は、マーシーさんが起こした暴風を利用して、水槍を強化したのだ。

強化された水槍が波頭となり、スーザンさんとマーシーさんをのみ込んだ。

スーザンさんとマーシーさんが、荒れ狂う水流に振り回されて、ゴボゴボと泡をふく。

「さあ、仕舞いだ」

学院長が決着の呪文を唱えた。

『水は木を育む！　此即ち水生木の理なり！』

水流のなかに無数の種子が出現し、発芽し、メキメキと成長していく。《水行》が《木行》を生み育む『水生木』だ。

種子は瞬く間につる性植物となり、スーザンさんとマーシーさんを締め上げた。

「「が……ぁ……っ」」とふたりの魔女が白目を剝く。

「わたしの教え子たちを苦しませた罰だ。しばらくそこで反省したまえ」

スーザンさんとマーシーさんが、ガクリと意識を手放した。

同時、わたしは息苦しさから解放される。

学院長がわたしたちに歩み寄り、膝をついて眉を下げた。

「怖い思いをさせてしまったね。もう少し早く来られればよかったのだが……」

「い、いえ……『夜の結界』で、予想より、相手の戦力が、増している、でしょうし」

「円香くんの言うとおり、相手の戦力増強は想定外だ。こちらが優勢とは言え油断はできない。すまないが、わたしはほかの生徒たちの救援に向かうよ」

学院長が立ち上がる。

踵を返す学院長に、わたしはお願いした。

「わ、わたしたち、も……同行させて、もらえません、か？」

「しかし、きみたちは邪眼を受けたばかりだ。休まなくていいのかい？」

気遣う学院長に、わたしたちは笑顔で答える。

「これくらい……なんとも、ありま、せん！」

「そうです！　わたしたちはジョゼフ先生の教え子なんですから！」

「この程度で立ち止まるようには育てられてません！」

わたしたちの凜々しい顔つきを見て、学院長が目を丸くした。

学院長の唇から、ふ、と笑みが漏れる。

「生徒に恵まれて、ジョゼフくんは幸せ者だな」

学院長がコートを翻した。

「ついてきたまえ。『蛇と梟』を完膚なきまでに叩き潰す」

「「「「「はいっ!!」」」」」

✡　✡　✡

「これから使う力は、相手に触れないと発動しないの」

ケルベロスが睨むなか、わたしはアグネスさんと打ち合わせをする。

「けど、わたしはまだ、この力を滅びの炎と併用できない。ノーガードでケルベロスに肉迫しないといけないの」

「ケルベロスに接触するまで、わたしがあなたを守ればいいということだろうか？」

「ええ。お願いできる？」

「了解した」

打ち合わせを終え、わたしたちはケルベロスと向き合う。

静寂。

滅びの炎で焼け焦げた校庭の樹木が、パキッ、と音を立てた。

瞬間、わたしは駆け出す。

わたしを迎え撃とうと、ケルベロスが口を開ける。口腔から紅蓮の炎が溢れ出した。

「させない」

ブレスの準備をするケルベロスに向けて、アグネスさんがいくつかの十字架を投げつけた。

『聖マルガリタの御名により、我が敵を斬り裂かん！』

十字架が眩いばかりの輝きを放つ。輝きは集束し、十字架を光の剣に変えた。

教会では、人間でありながら奇跡を起こし、信仰とともに殉教した『聖人』の伝説が語り継がれている。

その聖人のひとり『聖マルガリタ』は、自分をのみ込んだ悪竜を、十字架を用いて真っ二つにしたとされている。

おそらくアグネスさんは、聖マルガリタが起こした奇跡を再現しているのだろう。

光の十字剣が、飛鳥の如く空を駆ける。

ケルベロスは十字剣を回避するため、ブレスを中断して左へ跳んだ。

わたしはケルベロスが跳んだ方向に足を向け、地を蹴って加速する。彼我の距離は、およそ二〇メートル。

『『『GAAAAAAAAAAAAAAAHHHH!!』』』

ケルベロスが吠え、わたしに飛びかかってきた。三つの口に並ぶ短剣のような牙が、わたしを食いちぎらんと迫る。

わたしは足を止めなかった。

アグネスさんはわたしを守ると約束してくれた！　アグネスさんを信じて、わたしは走るだけ！

『聖マルタの御名により、悪しき者を我は封じん！』

アグネスさんは約束を果たしてくれた。

光の帯がわたしを追い越し、牙を剥くケルベロスに巻き付き、締め上げる。がんじがらめにされたケルベロスが苛立たしげに唸った。

その昔、南フランスの『タラスコン』付近の森林に、『タラスクス』と呼ばれる半獣半魚の竜が棲みついていた。

『聖マルタ』はこのタラスクスを退治したのだが、その際彼女の腰帯が、悪竜を縛るために使われたらしい。いま、ケルベロスを縛っている光の帯のように。

ケルベロスは目前。わたしは勝利を確信して左手を伸ばした。

『SHAAAAAAAAAAAAAAHHHH!!』

ケルベロスの頭上から、大蛇が顔を覗かせたのはそのときだ。

尻尾の毒蛇⁉

両親が蛇であるためか、ケルベロスの尻尾は蛇になっている。アグネスさんの光の帯では、尻尾の蛇は封じられなかったようだ。

毒蛇が口を開ける。人間を丸呑みできそうなほど大きな口から、毒液が吐き出された。岩すらも溶解させる猛毒だ。

猛毒液が視界に広がる。この近距離では、回避なんてとてもできない。

ごめんなさい、先生!!

遅いくるだろう激痛と死を覚悟して、わたしはキツくまぶたを閉じた。

わたしの肌に、猛毒液が浴びせられる。

「死なせない。わたしは、あなたの命を預かったのだから」

痛みは一向にやってこなかった。

わたしは恐る恐るまぶたを開ける。わたしの体が、純白の光に包まれていた。

「ローマ軍の兵士『聖セバスティアヌス』は、ローマ帝国皇帝『ディオクレティアヌス』に処刑されたが、神の奇跡により蘇った。『聖セバスティアヌスの加護』はその再現。味方に一時的な『不死性』を与えるエクソシズムだ」

この光はアグネスさんの術式によるもので、『不死性』を得たために、わたしは助かったらしい。

わたしは胸を撫で下ろした。

「ありがとう、アグネスさん。本当に死んでしまうかと思ったわ」

「構わない。それよりも急いだほうがいい。聖セバスティアヌスの加護は魔力の消費が激しい。もってあと二秒だ」

「大丈夫。この勝負はわたしたちの勝ちよ」

左手でケルベロスに触れながら、わたしは微笑む。

左手の魔力を解き放ち、わたしはベリアルの第二の能力を発動した。

「『無価値の左手』」

解き放たれたどす黒い魔力が、ケルベロスにまとわりつく。

ガクン、とケルベロスの膝が崩れた。

『『GWWWWWW……!?』』

ケルベロスがアスファルトに倒れる。尻尾の毒蛇も力を失い、濡れタオルのようにブランと垂れ下がっていた。

ベリアルという名は《無価値》を意味する。『無価値の左手』は、ベリアルの名が表す《無価値》を、左手で触れた対象に与える能力だ。

現在、ケルベロスの筋力は《無価値》になり、自重すら支えられなくなっている。《無価値》であるため、ブレスも毒蛇も動かせない。もちろん、《蛇の特性》である『不死性』も《無価値》になっている。

つまり――

「あなたの負けよ！　ケルベロス！」

右手に滅びの炎を生み出し、ケルベロスに叩き込んだ。

『『GWWOOOOOOOOOHH………!!』』

『不死性』を失ったケルベロスは再生を許されず、消し炭となって散っていった。

死闘の緊張から解放され、ふぅ、と息をつく。

ベリアルのコスチュームが粒子となって消え、わたしは制服姿に戻った。

「流石にガス欠ね。これ以上は戦えそうにないわ」

「わたしも魔力切れだ。残念だが、先生の応援には向かえない」

「そうね」とわたしは苦笑し「でも」と続ける。

「先生は勝つわよ」

ハテナマークを頭上に浮かべるアグネスさんに、わたしはニコッと笑った。

「先生には、レイアさんがついているもの」

✡　✡　✡

「ケルベロスが……倒された？」

消し炭となって散っていくケルベロスを目にして、メアリが呆然と呟く。

「奈緒ちゃんから連絡よ、ジョゼフくん。校舎に攻め込んできた魔女は、すべて捕縛したらしいわ」

実体化したリリスが、スマホを手に報告してきた。

「これ以上の抵抗は無意味だ、メアリ。おとなしく投降しろ」

俺はメアリに通告する。

メアリは変わらず呆然としていたが、やがて「ふふっ」と笑みを漏らした。

「投降しろですって？　そんな真似できるはずないでしょう？　あたしはまだ、復讐を果たしてないのよ？」

「きみは復讐なんてできない。『蛇と梟』と魔女学の戦いは、こちらの勝ちなんだから」

「黙りなさい!!」

メアリが怒鳴り、狂気の笑みを浮かべる。

「終わらせないわぁ、終わらせるわけないでしょう!?　勝ち誇ってんじゃないわよ!!　あたしには切り札があるのよ!!」

メアリが懐から短剣を取り出した。

「必ず勝ってみせるわ――あたしの命を削ろうとねぇ!!」

メアリが短剣を振り上げ、自分の腕に突き立てた。メアリの予想外の行動に、俺たちは絶句する。

短剣を滑らせて腕を裂き、今度は頬を、脚を、腹を、突き刺しては引き裂く。傷口から噴き出した血が飛び散り、赤い飛沫が闇空を彩った。

メアリの自傷行為に唖然としていた俺は、ハッとして忠告する。

「なにをしている!!　やめろ！　死ぬつもりか!!」

「相手の心配をするなんて余裕ねぇ。安心しなさい、死ぬのはあなたたちよ」

全身血塗れになったメアリは、苦痛に顔をしかめながら短剣を放り捨てた。

メアリが高らかと唱える。

『冥界と地と天のヘカテーよ！　広い道と十字路の女神よ！　汝、手に松明を持ち夜を徘徊する者よ、昼の敵よ、来たれ！』

メアリの頭上に巨大な扉が浮かんだ。

使い魔を召喚するつもりか！　太母神のヘカテーともなれば相当な強敵だ！　微塵も油断はできない!!

俺たちが警戒を強めるなか、扉が軋みを立てて開く。

そこから現れたのはヘカテーではなかった。闇を凝縮したような、どんな黒よりも黒い液体だ。

扉から溢れ出た真黒の液体がしたたり、ビチャビチャとメアリに浴びせられていく。曇天のような灰髪も、アルビノのような白肌も、等しく黒に塗りつぶされていく。

異様な光景に俺たちは息をのむ。

メアリはなおも唱えた。

『闇の友にして闇を愛する者よ！　汝、雌犬が吠え、温かい血が流れるときに歓喜する者よ！　汝、亡霊とともに墓地を歩きまわる者よ！　汝、血に渇く者よ！　汝、身の毛立つ恐怖で人間の心を震え上がらせる者よ！　ゴルゴーよ、モルモよ、千変万化の月よ、我らが犠牲に恩寵の眼差しを向けたまえ!!』

真黒に塗りつぶされたメアリの体が変化をはじめる。まとっていたローブが真黒の毛皮と化し、ウェーブヘアの一本一本が、蛇に変わっていく。

その姿は、語り継がれるヘカテーの姿にそっくりだった。

「まさか、『憑依』か!!」

「その通りよぉ。ヘカテーは犠牲を欲する女神。血と寿命を捧げて、あたしの体にヘカテーを降ろしたの」

千夜やレイアも魔王の力を降ろしているが、憑依はそれらとは別物だ。魔王化が力の代行であるのに対し、憑依は力との一体化。即ち、ヘカテーとの一時的な融合にほかならない。与えられた力をただ行使するのではなく、自分の力と融合させる。そのポテンシャルは、使い魔として召喚された場合より遥かに上だ。

だが、そんな破格な能力を、無償で扱えるわけがない。ヘカテーの場合、メアリの言ったように血と寿命——命の断片を捧げなくてはならない。

「そんな無茶をして、ただで済むと思っているのか!?」

「無茶のひとつやふたつ、いくらでもするわよ！　復讐のためならねぇ!!」

変容を終えたメアリが、血で染めたように赤い唇を開く。

『ＫＹＹＹＹＹＹＡＡＡＡＡＡＡＡＡＡＡＡＡＡＨＨＨＨ‼』

怖気(おぞけ)立つような叫(さけ)び声(ごえ)が響(ひび)いた。本能的な恐怖をかき立てる叫び声に、俺たちは青ざめる。

同時、先ほどメアリが喚(よ)び出した猟犬(りょうけん)たちが遠吠(とおぼ)えした。猟犬たちの毛皮がざわざわと伸びていき、体躯(たいく)が一回り大きくなる。

巨大化(きょだいか)した猟犬の群れが、『軍勢』が作る渦潮(うずしお)に飛び込(こ)み、かじりつかれ――一体の猟犬が渦潮を突き抜(ぬ)け、俺に飛びかかってきた。

これまで一体も突破(とっぱ)できなかったのに⁉

驚愕(きょうがく)に目を剥きながら、俺は魔弾(まだん)で猟犬を撃ち抜く。

猟犬たちの猛攻(もうこう)は終わらなかった。『軍勢』に喰(く)らわれながらも、一〇体に一体は突破し、俺たちに襲(おそ)いかかってくる。

「いきなり強くなった⁉　なにが起きてるの、先生⁉」

「おそらく、猟犬を狂乱(きょうらん)させたんだ！」

カボチャ提灯で必死に猟犬を迎撃するレイアに、俺は答えた。

「ヘカテーは狂気の原因ともされる女神！　その狂気を猟犬に与え、狂戦士(ベルセルク)のように強化したんだろう！」

語りながら、俺は歯噛みする。

ここまでは『軍勢』が猟犬を止めていたからこそ戦えていたが、均衡が崩れた！　天秤がメアリ側に傾いたいま、俺たちが劣勢に立たされるのは必至だ！

戦況を分析し、俺は決断した。

「こっちも切り札を使うぞ、レイア！」

「うん！　ボク、いけるよ！」

力強く頷いたレイアと、俺は向き合う。

顎をくいっと持ち上げると、レイアは瞳を閉じ、唇を差し出した。

唱える。

『其はおののきを知らぬ者！　何人も傷つけること敵わず、神々すら逃げ惑う！　驕り高ぶる者すべてを見下し、レヴィアタンは獣すべての上に君臨する！』

レイアに口づけて、唇をこじ開け、唾液と魔力の混合物を送り込んだ。コクン、とレイアが喉を鳴らし、唾液と魔力の混合物をのみ込む。

体内の魔力を呼び水に、俺は魔王の力をレイアに降ろした。

「ふ……くうううううんんんっ♥」

レイアの制服が霧散し、胸に刻まれた『魔王の紋章』が輝く。輝きが光の粒子となり、レイアの姿を変えていった。

いたいけな胸と、女性の秘所を、深海色のビキニが包む。

細くしなやかな四肢には、ビキニと同じく深海色の、籠手とブーツが装着された。籠手には水色の宝玉が三つずつ埋め込まれ、ブーツには、魚のそれに似た鱗があしらわれている。

透き通る、水色のストールが白肌を覆い、水晶の角が一角獣のように生え、レイアの変容が完了した。

レイアを選んだ魔王は『レヴィアタン』。海と邪悪を体現する、海竜の魔王。嫉妬の大罪を司り、海に棲まう、あらゆる生物の頂点に立つ大悪魔だ。

レヴィアタンのコスチュームをまとったレイアが、左手を天に掲げる。レヴィアタンの青黒い魔力が、間欠泉の如く吹き出した。

突き上げた左腕の周りに六つの水球が生じ、波音を立てて膨張し、六体のドラゴンに姿を変える。

「水竜たち、猟犬の群れをやっつけて！」

レイアの命に従い、三体の水竜が猟犬の群れに突っ込んだ。顎を開き、水竜が猟犬を次々

とのみ込んでいく。水竜にのみ込まれた猟犬は、溶けるように消えていった。

「残りはメアリさんに！」

三体の水竜に守りを任せ、レイアがメアリを指さす。残り三体の水竜が、空に飛び立った。

『無駄よ！　貫いてあげるわぁ！』

メアリが銀の弓を両手に生み出す。手の代わりに蛇の頭が矢をつがえ、一気に六本の光の矢が放たれた。

光の矢が二本ずつ、水竜たちの頭と胴を撃ち抜き、吹き飛ばす。

メアリがニィッと唇を歪め——次の瞬間、笑みが驚愕に引きつった。水飛沫が集まり、弾け飛んだ水竜たちの頭と胴が復元したからだ。

『「不死性」ですって⁉』

古代の人々は、ドラゴンと蛇を同一視した。ドラゴンを意味する古代ギリシア語『draco』が、同時に大蛇を意味していたのがその証拠だ。

レヴィアタンはドラゴンの魔王であるため、《蛇の特性》である『不死性』を有している。レイアが操る水竜も同様だ。レイアの魔力が尽きない限り、六体の水竜が滅びることはない。

水竜がメアリに肉迫した。

「そのまま捕まえて！」

『畜生如きが……図に乗るなぁあああああああああああああああああああ!!』

メアリの頭で蠢く、蛇たちの双眸が、赤く輝く。水竜が赤い輝きを浴びた途端、水の体が石へと変わっていった。

「「なっ⁉」」

『ギリシア神話の怪物「メデューサ」に、生物を石化させる力があるのは有名よねぇ？ヘカテーも同じなの。石化の呪いを有しているのよ』

石化した水竜は、復元を許されず、ピキピキと音を立てて砕け散った。

『石化は死じゃない。いわば生物の無機物化よ。「不死性」では防げないわぁ』

「まさか、レヴィアタンの力と張り合うなんてな……メアリ、やっぱりきみこそが規格外だよ」

『ふふっ、褒めても手は抜かないわよ？　確実に殺してあげるわぁ！』

メリアがパチンッと指を鳴らすと、戦闘の余波で宙を舞っていた木の葉が、カラスへと変化する。キルケーが持つ能力、物質の生物化だ。

『KYYYYYAAAAAAAAAAAAAAHHHH!!』

メアリが再び生物狂乱の叫びを上げた。闇空に舞う、夥しい数のカラスが巨大化し、猛禽すら超える鳳と化す。

狂乱したカラスが黒い槍となり、俺たちを刺し殺すべく急降下してきた。

「お願い、水竜たち！」

レイアが再び三体の水竜を生み出して対抗。黒いカラスと水の竜が、激しい航空戦を繰り広げる。

「魔将を呼ぶぞ、リリス！」

「わかったわ、ジョゼフくん」

俺も魔将の力を呼び寄せるため、リリスと唇を重ねた。

口内をかき回し、舌を捕らえ、水音を立ててしごく。

「んぅううううううっ♥」

リリスがビクビクと震え、俺と魔将のあいだに繋がりが生まれた。

俺は叫ぶ。

『奮い立て混沌よ！　嵐の支配者よ！　古の海を我が手に示せ！』

『QUUAAAAAAAAAAAAAAHHHH!!』

呼び寄せたラハブの幻影を取り込み、『ラハブの三叉槍』を具現化する。具現化した『三叉槍』を、水竜の迎撃をすり抜けたカラスに向けた。

「猛ろ、雷轟！」

『三叉槍』が宙に浮かび、雷球となる。バチバチと破裂音を立てる雷球が、ガトリング砲の如く雷撃を掃射した。

雷撃は狙い違わずカラスに命中し、撃墜する。

しかし、カラスも猟犬も次々と生み出され、メアリの猛攻はとどまることを知らない。

このままでは押し負ける！　突破口を開かないと!!

俺が「くっ」と呻いたときだった。

「成長したわね、ジョゼフくん。魔将の力の同時具現化なんて」

リリスが真剣な眼差しで俺を見つめる。

「いまのあなたなら、わたしの力を取り込み、具現化できるでしょう」

「リリスの力の、具現化？」

「ええ」とリリスが頷いた。

「わたしは《情愛》の悪魔。ジョゼフくんの《好色》と《情愛》が掛け合わされれば、《魅了》の特性は最大の力を発揮するわ」

すなわち、

「相手を愛に溺れさせる能力——女性に対する支配よ。わたしを具現化すれば、メアリちゃんを止められるわ」

女性の支配能力。それを使えば、確かにメアリを止められるだろう。俺たちはメアリに勝てる。

しかし、俺は逡巡していた。

争いを終わらせるためとは言え、《愛》を利用していいのか？　それは、メアリの気持ちを弄ぶ行為なんじゃないか？

母さんを犯された俺は、《愛》のある関係を最重要視している。千夜やレイアを従者にしたときも、力を求めるためではなく、《愛》のために行った。

だからこそ、迷う。

《愛》を戦いに利用するなんて、絶対に間違ってる！　だが、メアリを止める手はそれ以外にない！　レイアを、千夜を、円香を、リリスを、魔女学のみんなを守るためには、《愛》を利用するしかないんだ！

それでも！　それでも……俺は……っ!!

「先生、ボクからもお願いできないかな？」

躊躇う俺の手に、レイアがそっと触れた。

「先生が《愛》を大事にしてるのはわかってる。でも、これ以上、メアリさんに傷ついてほしくないんだ」

レイアは切なそうな目をしていた。メアリを心配するように。

「ヘカテーを憑依させるために、メアリさんは寿命を捧げているんだよね？　そんなのダメだよ！　復讐のために命を捨てるなんて、メアリさんが望んだことでも許せない！」

「メアリは、レイアのお母さんに罪を着せて、レイア自身も苦しめたんだぞ？　それでも、メアリを心配するのか？」

「……正直、憎いとは思っちゃうけどね」

レイアが苦笑する。

「けど、昔のメアリさんは、ボクを可愛がってくれた。ボクにとって、お姉ちゃんみたいなひとだったんだ。絶対、悪いひとじゃないの」

穏やかな声色で、レイアが訴えた。

「メアリさん、自分が壊れちゃってるって言ってた。きっと、お父さんとお母さんを『正道派』に殺されて、ツラくて悲しくて苦しくて憎くて、自分ではどうしようもできないんだよ。だから、ボクたちが止めるの。たとえ、メアリさんに恨まれても」

レイアの訴えを聞いて、俺は思う。魔女の歴史と一緒だと。

いまでこそ悪者扱いされているが、違法魔術師になる魔女が増えたのは、教会による魔女狩りと布教の所為で、魔女はもともと被害者だった。

メアリも同じ。理不尽に両親を殺された被害者だ。決して、ただの悪人じゃない。

レイアが微笑む。

「『物事の一面しか捉えずに判断すると、往々にして過ちを犯す』——偏見はいけないんだよね？」

それは、以前、授業で俺が教えたこと。

俺はキョトンとして、肩から力を抜いた。

「……そうだな。メアリは苦しんでいるんだ。教師の俺が見過ごしていいはずないよな」

決意する。

「苦しんでる女性がいたら、たとえ矜持を曲げてでも助けるのが男だ——俺はリリスの力を使うよ」

「ありがとう、先生！」

「ふふっ、また頼もしくなったわね、ジョゼフくん」

レイアとリリスが相好を崩した。

「ただ、ひとつだけ問題がある。現時点で俺が具現化できる力は、魔将二体分だ。リリスの力を具現化するには、『アバドンの軍勢』か『ラハブの三叉槍』の、どちらかを解除しないといけない」

しかし、

「メアリと渡り合えているのは、『軍勢』と『三叉槍』を併用しているからだ。どちらか一方でも欠けたら、あっという間に負けてしまう」

「リリス先生の力を使う、時間稼ぎが必要なんだね」

「ああ。あとひとつ、打てる手が欲しい」

俺たちは頭を悩ませる。

あと少し！　あと少しで勝てるんだ！　なにか手はないか？　俺たちにできることは、もうないのか⁉

そのときだった。レイアの頭上に、藍色の球体が浮かぶ。

レイアが呆然と呟いた。

「ティアマトの、核？」

レイアの呟きを耳にして、俺の脳内でピースが組み上がっていく。

レイアの使い魔はティアマト――レイアを選んだ魔王はレヴィアタン――だとしたら

――!!

できあがったのは、勝利への道筋だ。

「いける！　最後の手札はティアマトだ！」

「で、でも、ボクはまだ、ティアマトを喚び出せないよ⁉」

「いや、できる」

俺はレイアの手を取った。

「俺とレイアが力を合わせれば、ティアマトを喚び出せる」

「ホン、ト?」

「ああ。俺を信じろ」

俺はスカイブルーの瞳をまっすぐ見つめる。

レイアが握られた手と俺の目を交互に見て、コクリと頷いた。

「うん。先生を信じる」

「よし。勝つぞ、レイア」

手をつないだまま、俺たちはメアリを見据えた。

『なにをするつもりかわからないけど、もう遅いわぁ! あなたたちの負けよ‼』

群がる猟犬とカラスが、『軍勢』・『三叉槍』・水竜の守りを突破して、俺たちに迫る。

「レヴィアタンとの繋がりを感じろ」

「うん」

「俺と呼吸を合わせろ」

「うん」

手のひらから、レイアとレヴィアタンの魔力が伝わってきた。ふたつの魔力に集中しながら、俺はレイアと声をそろえる。

「喚ぶぞ、レイア！」

「うん！」

「『顕現せよ、ティアマト！』」

ティアマトの核にヒビが入り、卵が孵化するように爆ぜた。

現れたのは小さな水球。水球はゴボゴボと泡立ち、加速度的に増大し、空へ伸び上がる。

水球が変容していく。

無数の泡が藍色の鱗になり、地を踏みしめる強靱な後ろ脚と、鋭いかぎ爪を持った前脚が生え、対の翼がバサリと広がり、鎌首をもたげるように頭が天を向いて、

『QUUUUUUUAAAAAAAAAAAAAAAAHHHHH!!』

肉食恐竜と首長竜を掛け合わせたようなドラゴンとなり、嘶いた。

『ティアマトを喚び出した!? どうして……未熟なレイアには不可能なはず！』

「本来は不可能だろう。だが、レヴィアタンの器となったレイアと、魔帝の後継者である俺が力を合わせれば、できる」

なぜなら、

「レヴィアタンは、ティアマトの分身が魔王化したものだからな！」

ティアマトは海を司るドラゴン。レヴィアタンも海を司るドラゴン。

なぜ二体は似通っているのか？　それは、もともと同じ存在であるためだ。

教会による布教に際し、ティアマトは分霊を行い、地獄界に分身を送った。その分身こそがレヴィアタンの起源。

俺が手伝えば、レヴィアタンの力を降ろしたレイアは、同質の存在であるティアマトを召喚できる。

「ティアマト！　ボクたちに力を貸して！」

『QUUUUUUAAAAAAAAAAAAAAHHHH!!』

ティアマトが咆哮し、十一の水球を生み出した。

水球はティアマトの出現時と同様にゴボゴボと泡立ち、十一の異形と化す。

それらはバビロニアの神話で語られる、ティアマトが生み出したとされる十一の魔物。

七頭大蛇・竜・毒蛇・蛇竜・海魔・獅子・狂犬・サソリ人間・嵐・魚人間・有翼雄牛だ。

十一の魔物が、襲いかかってきたカラスと猟犬を薙ぎ払った。

水竜が、暴食蟲が、雷轟が、十一の魔物が、狂乱した猟犬・カラスと激突する。

よし！　これなら具現化をひとつ解ける！

俺は『三叉槍』の具現化を解いた。雷轟が止んだことで、迎撃されていたカラスが飛び込んでくる。

問題ない。

すぐさま、十一の魔物の一体、七頭大蛇が牙を剥き、飛び込んできたカラスを食いちぎった。

「ジョゼフくん、いまのうちに！」

「ああ！」

リリスが俺に体を預け、静かにまぶたを閉じた。リリスを受け止めた俺は魔力を昂ぶらせ、リリスの力を取り込もうとする。

だが、リリスの力が溶け込んでくる気配はない。

魔帝の娘であるリリスは魔将よりも上の存在！　いまの俺では具現化できないのか⁉

焦燥が俺を襲う。

俺は心に火を灯し、抗う。

リリスができると信じたんだ！　俺に身を委ねたんだ！　なら、無理だろうがなんだろうが、やってみせるのが男だろうが‼

俺はリリスを抱きしめ、強引に唇を奪った。

「んんっ⁉」

リリスが驚きに目を見開く。

リリスの位が高い所為で力を取り込めないなら、俺のほうが上だと教え込むまで‼

リリスの唇を割り開き、口内を犯すようにかき混ぜる。

「んっ！　んぅううううっ♥！」

リリスの腰が淫らにくねった。

リリスにトドメを刺すべく、ゆらゆらと揺れる肉付きに富んだ尻を、俺はひしゃげるほど強く握りしめた。

「うううぅうぅうううううんんんんっ♥♥‼」

リリスがビクビクと痙攣する。

同時、魔力にリリスの力が溶け込む感覚を、俺は得た。

唇を離し、蕩けたアメシストの瞳を見つめ、俺はリリスに命じる。

「来い、リリス！　俺のものになれ！」

「はい……ジョゼフくん♥」

リリスの体が霊体となり、俺の魔力と混ざり合う。

俺は左手を突き出し、魔力を練り上げた。

魔力が錬成され長弓となる。リリスの瞳と同じアメシスト色。コウモリの羽に似た形状の長弓だ。

「『リリスの魔弓』！」

具現化した『リリスの魔弓』に、右手に生み出した矢をつがえる。《魅了》の特性を凝縮した、射貫いた女性を愛に溺れさせる矢だ。

鏃をメアリに向け、弦を引き絞る。

六体の水竜が、カラスの群れでできた緞帳に穴を開けた。

瞬間、俺は魅了の矢を射る。

「行けぇええええええええええええええええええええええええええええええええええ!!」

射られた矢は、メアリの胸元に吸い込まれていき、

『終わってたまるものですかぁあああああああああああああああああああああああ!!』

命中する寸前、メアリが体を傾けて回避した。

「なっ!?」

『あはははははっ!!　万策尽きたわねぇ!!』

メアリの哄笑が響く。

そんななか、レイアが力強く笑った。

「ううん！　ボクたちの勝ちだよ！」

風が吹き、回避された矢の軌道をねじ曲げる。メアリが振り返り、眼前に迫る矢に瞠目した。

「十一の魔物の一体、嵐の魔物は、名前の通り風を操る！」

『レイア、あなたぁあああああああああああああああああああ!!』

「終わりだよ、メアリさん！　これ以上、あなたに誰かを傷つけさせない!!」

魅了の矢が、メアリの胸を貫く。

俺は真摯に訴えた。

「やめるんだ、メアリ！　俺はもう、きみと争いたくない！」

メアリと俺の視線が交差する。

メアリの瞳が躊躇いに揺れ――しかし。

『そんな言葉信じられるわけないでしょう!?　どうせあなたも裏切るのよ！　あたしをひとりぼっちにするのよ!!』

メアリは『リリスの魔弓』の力に抗った。

『魔弓』の支配能力に抗う術はないはずだ。それでも抗えるのは、《愛》を封じるだけの

《負の感情》があるということ。

メアリの発言から推し量るに、《負の感情》の名は『さみしさ』――『孤独への恐怖』だろう。

俺はレイアの言葉を思い出す。

――昔のメアリさんは、ボクを可愛がってくれた。ボクにとって、お姉ちゃんみたいなひとだったんだ。絶対、悪いひとじゃないの。

『正道派』に親を殺され、エクソシストを恨んでいたメアリは、それでも、はじめから復讐に走っていたわけではなかった。

メアリが復讐をはじめたのは、マーガレットさんが教会と協定を結ぼうとしたときだ。

おそらく、マーガレットさんへの思慕が、メアリに復讐を思いとどまらせていたのだろう。そのマーガレットさんが教会と協定を結ぼうとしたことで、メアリは裏切られたと感じたのだ。

つまり、メアリを凶行に走らせたのは『孤独』なんだ。

なら、俺のやることはひとつ。

「俺はメアリを裏切らない！　決してひとりぼっちにしない！」

叫び、俺は『魔弓』の具現化を解除し、両手を挙げ、まとっていた魔力を消した。

「「先生⁉」」

「ジョゼフくん⁉」

自ら無防備になった俺に、千夜、レイア、リリスが動揺する。

『そんな見え透いた嘘に騙されるものですか‼』

銀の弓に矢をつがえ、メアリが弦を引き絞った。

鏃を向けられ、それでも俺は身構えない。無抵抗を貫く。

『な、なにをしているの⁉　撃ち殺すわよ⁉』

「言ったはずだ。俺はメアリと争いたくない。矛先を向けたままでは信じてもらえないだろう？」

弦を引いたまま、メアリが唇を噛む。

『どうしてよ……あたしはあなたを殺そうとしているのよ？　なのに、どうしてあなたは、あたしの味方になろうとしているの？』

「メアリが苦しんでいるからだよ。苦しんでいる女性を救うのは男の使命だ」

告げる。

「俺はメアリを裏切らない。裏切るくらいなら、この命を捨ててやる」

メアリの顔がクシャリと歪んだ。弦を引く手がブルブルと震える。

『あ、あたしは……あたしは……っ!!』

動揺しすぎたのだろう。メアリの手が滑り、矢が発射された。

銀光が彗星の如く走る。俺の命を貫きにくる。

千夜が、レイアが、リリスが、息をのんだ。

それでも俺は動かない。

誓ったから。

俺は、絶対にメアリと争わない!!

銀光が目前に迫り――俺の頬をかすめ、アスファルトに突き立った。

俺の頬から血が流れるのを、メアリが呆然と眺めている。

メアリの手から銀の弓がこぼれ落ちた。無数の蛇が鈍色のウェーブヘアに、真黒の毛皮がローブに戻っていく。

「卑怯なひとね……そこまでされたら、もう、戦えるわけないじゃない」

ガーネットの瞳から溢れた涙が、メアリの頬を伝う。

魔女学と『蛇と梟』の戦いが、終わりを迎えた。

エピローグ

騒乱の終わり。新たなはじまり。

『蛇と梟』のメンバーは残らず逮捕され、魔術庁が管理する『封魔監獄』へ送られた。あらゆる魔術を無効化する呪術『禁呪』が施された、魔術師を無力化する監獄だ。

連行される際、メアリは捨てられる仔犬のような不安そうな目で訊いてきた。

「本当に、あたしをひとりぼっちにしないんでしょうね？」

「誓ってしない。すぐ会いに行くよ。きみが罪を償い終えるまで、俺は封魔監獄に通い続ける」

「……約束を破ったら、ただじゃおかないわぁ」

そっぽを向くメアリの耳は、赤く染まっていた。

「流石に疲れましたね」

「もうクタクタだよー」

「千夜もレイアもお疲れさま。よく頑張ったな」

『蛇と梟』との対決を終え、俺たちは校庭のベンチに腰掛けて休んでいた。

若干名、負傷した生徒はいたが、いずれも軽傷らしい。全面対決は魔女学の完勝だ。

「みなさん、ご、ご無事、ですか？」

両肩に寄りかかる千夜とレイアを労っていると、円香をはじめとした二年E組の生徒が駆け寄ってきた。

「ああ、こっちは問題ない。みんなは怪我しなかったか？」

「だ、大丈夫、です！　先生の……作戦の、おかげ、です！」

「作戦を成功させたのはみんなだ。みんなの頑張りが、『蛇と梟』を退けたんだよ」

俺に褒められて、生徒たちがはにかんだ。

「あ、あの……茅原さん」

そんななか、数名の生徒が、居心地悪そうな様子でレイアに話しかける。

「うん？　どうしたの？」

キョトンとするレイアに、生徒たちは唇を引き結び、

「「「「ごめんなさいっ!!」」」」

勢いよく頭を下げた。

急な展開に、「ほぇ？」とレイアが首を傾げる。

「い、いきなりどうしたの？」

「その……わたしたち、ずっと茅原さんを避けてたでしょ？」

「お母さんが冤罪で、苦しんでいたのは茅原さんだったのに……」

レイアが目を丸くした。

レイアの母親、マーガレットさんが濡れ衣であることを、生徒たちはすでに知っている。

『血染めの交差点事件』の真犯人が、メアリだと判明したからだ。

ここ数日、魔法円を描いたり作戦を共有したりと忙しかったが、彼女たちはずっと、レイアに謝りたいと思っていたのだろう。

「そんな……謝ることなんてないよ」

「いや！　こればっかりは捨て置けないよ！」

「そうだよ！　あたしたち、本当にひどいことしたんだから！」

「それなのに、茅原さんはバカなわたしたちのために戦ってくれて――」

「今度はあたしたちが助けるからね！　絶対恩返しするから！」

「恩返し……なんて……」

レイアの声が震え、スカイブルーの瞳から涙がこぼれる。

「えっ⁉　ち、茅原さん⁉」

「どうしよう⁉　泣かせちゃった⁉　あたしたちが虫のいいことばっかり言ってるから⁉」

「違うよっ！」

涙をボロボロとこぼしながら、レイアがクシャクシャな笑顔を見せた。

「嬉し泣き……だよっ！　ボク、ずっと、みんなと仲良くしたかったから！」

「「「茅原さん……っ」」」

生徒たちがレイアに抱きつき、わんわんと泣き出す。その様子を眺め、千夜と円香が目尻を拭っていた。

よかったな、レイア。これで、本当に一件落着だ。

「あ、あの、先生？　わたし、気になってることがあるんですけど……」

俺が温かい気持ちになっていると、ひとりの生徒が怖ず怖ずと手を挙げて――

「先生、リリス先生と、キ、キス、してませんでした？」

「「「……………え？」」」

投下された爆弾に、俺、千夜、レイア、円香が、カチンと固まった。

「えっ⁉　先生とキスしてたのって物部さんじゃないの⁉」

「あたし、茅原さんとしてたの見たけど……」

爆発が連鎖し、生徒たちがざわつく。

魔王化や、魔将を呼び寄せる際のキスを、目撃されてしまったらしい。

「せせせ先生⁉」

「ど、どうしよう⁉」

千夜とレイアが顔を赤くしたり青くしたりする。そんなふたりの様子に、生徒たちはますますざわつく。

うん。ここまで話が広がってしまったのなら、仕方ないな。

「リリス」

「はい、ジョゼフくん」

俺はリリスの手を取り、ともに立ち上がって見つめ合い——生徒たちの目の前でキスをした。

「「「「「「きゃあ——っ‼」」」」」」と、イケメン俳優がサプライズ登場したかのように黄色い声が上がる。

千夜、レイア、円香は、俺とリリスの衝撃的行動に唖然としていた。

生徒たちが凝視するなか、俺はリリスとたっぷり舌を絡め、

『霊魂いざなう神の叛逆者よ！　我に月光の秘密を教え給え！』

『OOOOOOHHHH……AAAAAAAHHH………!!』

魔将『サリエル』を呼び、『サリエルの黒翼』を具現化する。

突然黒い翼を生やした俺を見て、生徒たちはポカンとしていた。

「悪い、みんな。きみたちが見たのは夢ってことで」

『黒翼』から羽毛が散り、仄白い明かりを放ち——生徒たちがまぶたを伏せて、パタンと倒れた。

「え？　先生、なにしたんですか？」

「記憶の改竄だ」

「そんなことできるの？」

「サリエルは月を司る堕天使であるとともに、邪眼とも深い関係がある。邪眼には精神に干渉する効果があり、『サリエルの黒翼』にも同等の能力が宿っているんだ。その精神干渉を応用したんだよ」

「で、でしたら……わたしたちの関係が、問題になることは、な、ないん、ですね？」

千夜、レイア、円香が安堵の息をつく。

ほかにも目撃した生徒や教員がいるかもしれないし、全員に『黒翼』を使っといたほうがよさそうだな。メチャクチャ時間がかかるだろうけど。

俺が溜息（ためいき）をついてると、アグネスが近づいてきた。

「先生、その翼はなんだろうか？　もう戦いは終わったと思うが」

「後始末があるんだよ、避けては通れないな。で、アグネスはなんの用だ？」

「『血染めの交差点事件』および池垣（いけがき）氏襲撃（しゅうげき）事件の真犯人は逮捕され、茅原レイアへの疑いも晴れた。もう、わたしがこの国にいる理由はない」

「帰国するのか」

アグネスがコクリと頷（うなず）く。その顔は、少しだけ沈（しず）んでいるように映った。

「助けてもらったこと、感謝する」

「気にするな。言っただろ？　アグネスは大切な教え子だから、守るのは当たり前なんだよ」

「そうだったな」

アグネスが頬（ほお）を緩（ゆる）める。はじめて見る、柔（やわ）らかな微笑（ほほえ）みだった。

アグネスが右手を差し出す。

「また会うことがあったら、わたしは先生の生徒になりたい」

「アグネスが望むなら、喜んで」

俺はその手を取り、握手した。

「じゃあな、アグネス。元気でやれよ」

✡　✡　✡

「先生、あーん」

「ジョゼフくん、わたしのもどうぞ」

「せ、先生が欲しいなら、わたしのもあげますよ？」

レイア、リリス、千夜が箸を差し出してくる。

俺は「あーん」と口を開け、ハムエッグとともに幸せを噛みしめた。

『蛇と梟』との戦いから三日が過ぎた。

従者となったレイアは正式に俺たちと同居をはじめ、こうして一緒に朝食をとっている。

俺たちの平穏は戻ってきたんだ。

ただ、ひとつだけ気になることがある。

俺は斜め前の席に目をやった。

「なんでまだいるんだ？　アグネス」

　そこには、いつもと同じく北城魔術女学院の制服を着て、パンと野菜スープを口にするアグネスがいた。

「帰国するんじゃなかったっけ？　自分で言うのもなんだが、結構味のある別れができたと思うんだけど……」

「新しい任務が下された」

　もくもくとハムスターのようにパンを頬張っていたアグネスが、事情を明かす。

「ヘカテーが憑依したメアリ・ハプスブルクと、ケルベロスは、どちらも災厄クラスの強敵だった。それらを倒したあなたたちは、すでに魔術結社ひとつ分の戦力を保有していると判断できる。しかも、あなたもあなたの従者も発展途上だ」

　そこで、

「絶大な力をつけつつあるあなたたちを監視せよと、教会から新たな任務が下った。わたしがここにいるのはそのためだ」

「……マジかよ」

　ようするに、俺たちは教会から危険視されてるってことだよな？　勘弁してくれよ……。

　くはぁ……と重い溜息をつく俺に、アグネスが続けた。

「それに、あなたに興味が湧いた」

「興味？　俺に？」

アグネスがコクリと頷く。

「わたしは《愛》を信じない。だが、あなたは従者との《愛》で『蛇と梟』を撃退し、メアリ・ハプスブルクの凶行を、《愛》をもって収めた。あなたのようなひとを、わたしは知らない。だから、あなたの近くにいられるのはありがたい。わたしはもっと、あなたを知りたい」

「それとも」と、アグネスが不安げに視線を下ろした。

「……わたしがいては、迷惑だろうか？」

「いや、別に迷惑ってことはないぞ？」

「そ、そうか。それはよかった」

アグネスが頬を染め、口元を緩める。アグネスって、こういう可愛らしい顔もできるんだな。

「……先生のバカ」

「えっ？　いまって俺をディスるタイミングだった？」

「諦めよう、千夜ちゃん。先生だもん」

「えっ？　レイアもなんで溜息ついてるんだ？」

千夜とレイアの謎の反応に首を傾げていると、リリスが「ふふっ」と淑やかに笑った。

「順調順調♪」

✡　✡　✡

朝食後、円香も合流し、俺たちは魔女学へ向かっていた。

「円香、今度の休みにデートしないか？」

「ふぇ？　あ、あの……わたしと、です、か？」

「ああ。みんなとデートする前に約束しただろう？　円香とふたりきりでデートするって」

頰をポリポリと掻いて、俺は円香に微笑む。

「そのとき、愛し合おう」

『愛し合おう』は『セックスしよう』の意味だ。

俺の発言を理解したのだろう。円香の顔がリンゴみたいに赤くなる。

円香は視線を落とし、指をモジモジさせて――

「はい……わ、わたし、ずっと、先生に……シ、シて、ほしかったです……から」

頬を染めてはにかんだ。

可愛すぎるでしょうよぉおおおおおおおおおおおおおおおおおおおおおおお!!

あっぶねぇ！　ひとの目があるのに抱きしめるとこだった！　ふたりきりだったら、愛おしさのあまりキスしてたかもしれん!!

俺が悶えていると、コートの袖がクイクイ引かれた。

見ると、レイアがぷくぅっと頬をむくれさせている。

「先生！　ボクともふたりきりでデートする約束だったよ!?　忘れちゃったの!?」

「忘れてないさ。もちろん、レイアともデートするつもりだ」

拗ねる様子も可愛らしいと思いながら頭を撫でると、レイアは不満げだった顔を緩めた。

「ん！　じゃあ、許してあげる！　楽しみにしてるからね！」

みんなを平等に愛さなければならないから、ハーレムはなかなか大変だ。けど、大切な恋人たちのためなら苦にならない。

笑い合う、俺、円香、レイアを眺め、千夜とリリスが微笑んでいる。

ただ、なぜかアグネスだけが複雑そうな顔をしていた。

賑々しく談笑しながら歩き、魔女学に到着。俺たちは生徒と教員で別れようとした。

「おはよう、ジョゼフくん」

昇降口に立っていた学院長が話しかけてきたのは、そのときだ。

「おはようございます、学院長。こんなとこでなにしてるんですか？」

「話があって待っていたんだ」

学院長の顔つきは真剣そのものだった。

「きみと、円香くんにね」

「わ、わたしも……です、か？」

円香がキョトンとする。

「ああ。ひとまず、わたしの部屋にきてくれるかい？」

学院長が背を向けて、「ついてきてくれ」と言うように歩き出す。

俺と円香は首を傾げ、学院長のあとを追った。


「それで、話ってなんですか？」

俺と円香を学院長室に招き入れ、定位置であるデスクに腰掛け、学院長は憂鬱そうに嘆息した。

数分前と同じく、俺と円香は首を傾げる。

「日本最大の魔術結社『陰陽寮(おんみようりよう)』から要請(ようせい)があったんだ」

苦々しげな表情で、学院長が切り出した。

「『中尾(なかお)円香を転校させよ』とね」

あとがき

はじめましての方もおひさしぶりの方もこんにちは。虹元喜多朗です。

この度は、『魔帝教師』2巻を手にとっていただきありがとうございます。

今巻はレイア回。レイアの過去やしがらみを、ジョゼフたちが断ち切る内容となっております。

また、千夜やリリスとのイチャイチャ、新たなヒロインの登場などもございます。

糖度・エロさともに1巻から大幅に上がっておりますので、本編を未読の方はご期待いただければ。


おかげさまで続刊を出版させていただき、また、ガガガ文庫様のほうでもWEB作品を書籍化させていただき、申し分ない作家一年目となりました。

下積み時代の自分に教えたら、狂喜乱舞することでしょう（笑）。

僕がラノベ作家を目指したのは、『思いも寄らない出会い』があったからでした。バイト先の先輩が創作関連の仕事をされていたのです。

僕はもともと漫画家を目指していましたが、芽が出ない日々に諦めてしまいました。

そんなとき、先輩が言ってくれたのです──「ラノベ作家になったら？」と。

その頃の僕はライトノベルの存在を知らなかったので、彼との出会いがなければ、こうしてこのあとがきを書いていることはなかったでしょう。

ラノベ作家になれたのは、彼との出会いがあったからでした。

下積み時代、折れずに歩み続けられたのは、彼との出会いがあったからでした。

いまだに僕は、『思いも寄らない出会い』と、出会った方々に支えられています。

どうやら僕は、才能よりも運よりも、出会いに恵まれているようです。本当にありがたい限りです。

Hさん。おかげさまでラノベ作家になれましたよ。

ちなみに3巻は円香回になる予定です。

今巻のラストで新たな混乱を予期させる出来事が起きましたが、ジョゼフたちはどう乗り越えていくのか？

楽しみにしていただければ幸いです。

謝辞に移らせていただきます。

担当編集者のTさま。あなたのアドバイスのおかげで、より盛り上がる内容にできました。まだまだ未熟な身ですが、これからもよろしくお願いいたします。

イラストレーターのヨシモトさま。見開きのイラスト、圧巻でした。毎回期待を超える仕上がりにしていただきありがとうございます。

ご協力いただいた関係者の皆様。今巻でもお力添えいただき、本当にありがとうございます。


また、嬉しいご報告があります。

なんと、『魔帝教師』のコミカライズが決定しました！

これも支えていただいた皆様のおかげです！　ありがとうございます！

まだ出版社や作画を担当していただく方のお名前は明かせませんが、追々発表していけたらと思います。

漫画家にはなれませんでしたが、原作者にはなれました（笑）

僕の夢を叶えてくださる○○先生にはいくら感謝してもしたりません。

最後に、このあとがきを読んでくださっているあなたに、心からの感謝を。
少しでもあなたに『面白さ』を届けられたのなら、これ以上の喜びはありません。
今巻を手にとっていただき、本当に本当にありがとうございます。
それでは、次の巻でお会いできることを祈りながら。

二〇二一年　一〇月　虹元喜多朗

HJ文庫 http://www.hobbyjapan.co.jp/hjbunko/
961

魔帝教師と従属少女の背徳契約 2

2021年11月1日　初版発行

著者――虹元喜多朗

発行者―松下大介
発行所―株式会社ホビージャパン

〒151-0053
東京都渋谷区代々木2-15-8
電話　03(5304)7604（編集）
　　　03(5304)9112（営業）

印刷所――大日本印刷株式会社

装丁――木村デザイン・ラボ／株式会社エストール

ISBN978-4-7986-2635-2　C0193

ファンレター、作品のご感想
お待ちしております

〒151－0053　東京都渋谷区代々木2－15－8
(株)ホビージャパン HJ文庫編集部 気付
虹元喜多朗 先生／ヨシモト 先生